Book4

男孩的科学冒险书

挑战千年南极冰原

〔韩〕朴敬洙 著
〔韩〕李宇一 绘 陈琳 译

南海出版公司

新经典文化股份有限公司
www.readinglife.com
出　品

序 言

鲁滨逊终于来到了南极——位于地球最南端的，冰天雪地、与世隔绝的广袤大陆。等待着他的是刺骨的严寒、可怕的冰山和凛冽的风暴。对于爱冒险的鲁滨逊来说，这里是绝对不容错过的、充满了神秘与刺激的未知世界。

2500 多年前，古希腊哲学家巴门尼德就曾宣称，“地球南端有一片巨大而且极其寒冷的陆地”。但直到 200 多年前，南极这片新大陆的神秘面纱才渐渐被揭开，这自然应当归功于勇敢的探险家们。从 19 世纪末到 20 世纪初的 30 年间，他们用炽热的挑战精神让人类逐渐了解到南极的真实面貌，这 30 年因而被称为“英雄时代”。

在南极，鲁滨逊遇见了生活在英雄时代的三位大名鼎鼎的英雄。一位是人类历史上首次将国旗插在南极点上的伟大探险家罗尔德·阿蒙森；一位是比阿蒙森晚到一步，并带着失败的痛苦最终长眠在这片皑皑雪原上的英国探险家罗伯特·福尔肯·斯科特；还有一位则是英国探险家欧内斯特·沙克尔顿，他曾屡次率队友远征南极，向人们证明了一个道理：成功固然光荣，但失败也同样伟大。在本书中，他们那充满传奇色彩的探险经历将通过鲁滨逊，栩栩如生地再现在读者面前。

英雄时代之后，南极变成了科学的竞技场。如今，世界各国的科学家在南极建立了 100 多个科学考察基地，夜以继日从事着各项研究。海洋、大气、地质、生态、环境、天文……各国几乎在所有的科学领域进行着无声的竞争。

南极也被称为地球环境的最后一个堡垒。濒临灭绝的物种、不断扩大的臭氧层空洞、迅速融化的冰山等，都在警示我们人类不负责任的野蛮行径导致了多么致命的灾难。可以说，人类未来的发展在某种程度上取决于研究南极所获得的成果，也取决于南极能否被完好、洁净地保存下来。

鲁滨逊在英雄时代来到南极，又在科学时代离开了南极。希望这一跨越了 100 多年的探险经历能够向读者们展示出南极的方方面面，并期待在不久的将来，读者们也能够成为第二个鲁滨逊，在南极这片广阔的舞台上实现自己的梦想。在南极，人类尚未涉足的地方还有很多，等待着我们不断去探索。

2003 年 2 月 15 日

于新村

目录

Stage 1 不可思议的挂表

Stage 2　最顽强不屈的探险队

Stage 3　史无前例的极地挑战赛

Stage 4　被铭记的失败者的荣耀

Stage 5　一个人的极地探险

Stage 6　告别南极

Stage1
不可思议的挂表
送走了撒乌里乌斯的潜艇，
摆脱了那拉丽的纠缠，
鲁滨逊在祈祷中沉沉睡去，
谁知，神秘的挂表竟然带他来到了……

艰难的告别

嘶嘶——

潜水艇缓缓下潜，终于完全隐没在浩瀚的大海之中。

鲁滨逊望着空荡荡的海面，心中既惆怅，又喜悦。清澈的水面上荡漾着一圈圈美丽的涟漪。

呵，这次历险总算也有惊无险地过去了！

鲁滨逊倚在一个毛阿伊上，闭上了眼睛。过去几个月的经历在他脑海里一幕幕地闪现：可怕的百慕大海域、神秘的拉帕努伊岛、不幸的亚特兰蒂斯帝国，还有……

"啊！"

鲁滨逊发出一声惊叫，猛地睁开了眼睛。他突然想起了那拉丽那张又扁又平的脸。

这个可恶的臭丫头，还说什么要和我生儿育女，和和美美地生活在一起呢，谁要和你这个犟丫头一起过日子呀！

鲁滨逊的身体一阵颤抖，就像寒冬腊月里在野外小便时一样。回想起这几天和那拉丽的周旋，他至今还心有余悸。临别时，那拉丽哭哭啼啼地死拽着他不放，摆脱她简直比解开波塞冬的神谕还要费劲一百倍。一旦她开始号啕大哭，你再怎么哄都哄不好。

无奈，鲁滨逊只好使出最后的撒手锏，就是用嘿嘿傻笑来对付哭天抢地的那拉丽。这种疲劳战术是他的惯用伎俩，一般都会让对方败下阵来。

为了能够不停地这么笑下去，鲁滨逊拼命回想着以前听过的各种笑话。

“我死也不和你分开，呜呜呜……”那拉丽还是哭得一把鼻涕一把泪。

“嘿嘿嘿……”

“你笑什么呀？呜呜呜……”

“嘻嘻嘻……”

“你真是太过分了，呜呜呜……”

“呵呵呵……”

这怪异的对峙足足持续了两天两夜。第三天清晨，那拉丽满脸红肿地宣布投降，因为她实在饿坏了，没有力气再继续哭下去了。

放弃爱情、选择了食物的那拉丽十分钟之内就把两天没吃的六顿饭一扫而光。吃饱喝足以后，她眼含热泪，嘴里不停地呻吟着：“哎哟，哎哟……”

这并不是因为与鲁滨逊分别令她痛苦万分，而是因为肚子吃得太撑了，连喘气都有困难。

“唉，她怎么和末淑这么像呢？模样像、性格像，就连恐龙一般的吃相也像。哦，不不，她至少有一点比末淑好。末淑只要一吃饱，就会接连不断地放屁，足足要放 30 多个，那拉丽倒还没有……咦，这是什么东西？”

鲁滨逊的眼睛突然瞪得溜圆。只见大大小小的水泡像汽水的泡沫一般，一个接一个地从海底冒出来。鱼儿们惊得上蹿下跳，四下逃散。看样子，一定是有人在水底释放“毒气”。

奇怪的挂表

现在真该回到日思夜想的家乡去了。可是怎么回去呢？鲁滨逊愁容满面。如何才能穿越茫茫太平洋，回到韩国去呢？

“唉，有没有什么好办法呢？”

到陆地上去又得坐飞机。可是他既没钱，又没护照，打扮还如此怪异，机场是不可能放行的。再说，每回坐飞机都失事，他已经发誓这辈子再也不坐飞机了。

“哼，可恶的撒乌里乌斯，要是他能用潜水艇送我一程，该有多好！”

鲁滨逊心里对撒乌里乌斯充满了怨恨。要是他能用潜水艇把我送到济州岛或郁陵岛上去就好了！就算我不是你们的同族，也不该这么无情无义地一走了之，把我一个人孤零零地扔在这小岛上呀！

还有这破破烂烂的挂表，把它送给我有什么用呢？

鲁滨逊低下头，看了看挂在自己脖子上的表。这是临别的时候撒乌里乌斯假装亲热，硬塞给他的礼物。

说是挂表，其实却是一块毫无用处的生锈的废品。既没有刻度，也没有数字，连表针都只有一根。最可气的是，过了大半天，表针居然一动不动，始终停留在原地。

“真是天下第一号大骗子！可恶！”

撒乌里乌斯还说，这块挂表可以把人带到任何想去的地方。当时鲁滨逊一听，忍不住从鼻子里哼了一声，结果撒乌里乌斯立刻勃然大怒，责怪他不该轻视亚特兰蒂斯的先进科学。看他那么理直气壮，鲁滨逊也就半信半疑地接受了这份礼物。他心想，说不定这块挂表里真的隐藏着什么神秘的力量呢。

桑田或许会变成沧海，然而废品却绝对不可能成为宝物。鲁滨逊已经对着挂表祈祷了好几百次：“挂表啊，请你送我回家去吧！”表针却依然纹丝不动。突然，他想起了阿拉丁神灯的故事，于是虔诚地将挂表擦了又擦，可是非但没见到巨人从挂表里跑出来，他的手上还沾上了几块脏兮兮的锈迹。

“唉，我可真是个大傻瓜，居然会相信撒乌里乌斯的鬼话！”

鲁滨逊长长地叹了口气，抬头向遥远的地平线望去。太阳低低地挂在海面上，马上就要落下去了。不知道是不是整天和这块破挂表较劲的缘故，虽然才到黄昏时分，他已经觉得精神恍惚、睡意蒙眬了。

“唉，管它呢，先睡一觉，明天起来再说。”

鲁滨逊双手合十放在胸前，伸直双腿躺了下来。与其对着这块破表祈祷，还不如像妈妈平时教导的那样，向神灵祈祷呢。说不定神灵会看在妈妈是虔诚教徒的份上，满足他的愿望呢？

“神灵啊，请赐给我一艘世界上最漂亮、最牢固的船吧，还有世界上最优秀的船长……阿门。”

鲁滨逊的祈祷声越来越小，越来越小，最后终于停止了，紧接着，一阵惊天动地的声音响彻拉帕努伊岛的海岸，就好像年头久远的摩托车启动时发出的声音。

呼噜——呼噜——呼噜噜——

突然，呼噜声中传出一个细微的声音，就像给洋娃娃上发条时发出的声音一样。

滋滋——滋滋——似乎永远不会走动的表针奇迹般地走了起来！

你知道吗？

人类是从什么时候开始知道南极大陆的存在的呢？南极大陆的发现距今不过200多年的历史，但古希腊人早在几千年前就给出了大胆的猜想：在地球的最南端有一片面积巨大的陆地。他们认为，地球是圆的，既然北方有许多大陆，那么在南方必定也有大片的陆地存在，否则地球将无法保持平衡。2500年前，古希腊哲学家巴门尼德甚至给出了这样的预言：南极是极度寒冷的。

罗马帝国灭亡后，在15～16世纪的“地理大发现”时期，人们开始认识到，地球确实是圆的。于是，被遗忘了千年之久的古希腊人的猜想也重新被人记起。当时，在西方人根据想象绘制的世界地图上，就已经醒目地画上了谁也没有见过的大片南极大陆。1772年，大洋洲的发现者——英国的詹姆斯·库克船长出发前往南极海域探险，却被海上的浮冰阻挡，没能发现南极大陆。

异地的早晨

清晨，鲁滨逊从睡梦中醒来，觉得口干舌燥。也难怪，他的口水像泉水一般流个不停，弄得嘴边湿漉漉的，整夜这样浪费水分，早晨醒来自然会觉得口渴了。

“真可惜，要是睡觉前在嘴边放个杯子就好了。”

他伸出舌头，像舔蜂蜜一样把嘴边的口水舔了回去。突然，他的眼睛瞪大了。“咦？”奇怪，昨天晚上他明明睡在光秃秃的地上，现在身上却盖着一床破破烂烂的被子。

鲁滨逊这才意识到自己不是在海边，而是在一个房间里。屋内弥漫着一股刺鼻的酸臭味，看来主人一定非常邋遢。“奇怪，这是什么地方？谁把我带到这儿来了？”鲁滨逊捂着鼻子自言自语着。这时他又发现了一件怪事：整间房子在轻轻地上下摆动，就像漂浮在水面上一样。不在地面上，而是在水面上的房间里，那么这里是……没错，一定是在船上。可是我怎么会到这儿来呢？

难道我睡着的时候，撒乌里乌斯又回来了，把我放到了潜水艇里？不，那家伙绝不会这么做的。那么是谁呢？诱拐犯？恐怖分子？

鲁滨逊一边飞快地动着脑筋，一边骨碌碌地转动着眼珠四下环顾。他的眼睛逐渐适应了黑暗，房间里的摆设开始显露出模糊的轮廓。简易床、桌子、乱七八糟地扔在地上的衣服和酒瓶……

就在这时，外面传来了咚咚的脚步声。

砰的一声，门被推开了，一束耀眼的亮光射了进来。

“啊！”

“哎呀！”两个人的惊叫声同时响起，一个是鲁滨逊，另一个是打开房门走进来的人。他身材粗壮，穿着毛皮制成的衣服，衣服上面还沾满了炭灰，头发上也落满了灰尘。他张大嘴巴、瞪大眼睛的表情，就跟见了鬼似的。

“你、你是谁？”鲁滨逊往后退了几步，战战兢兢地问。

“那、那你又是谁？”

“是我先问的。”

“你这个没礼貌的小屁孩，水还有上下之分呢。”

“就是啊，水有上下之分，所以长辈应该先回答晚辈的问题。”

“哦，是吗？”那个男人困惑地转了转眼珠，“我是这条船上的伙夫，我叫弗罗皮塞。”多么奇怪的名字！鲁滨逊忍不住扑哧一声笑了：“我是鲁滨逊，来自韩国。”

“韩国？那是什么地方？还有，你怎么躲在我的房间里？”

“我也不知道，昨天晚上我还在拉帕努伊岛……”

“胡说八道！这条船根本就没去过拉帕努伊岛附近。”

“可我明明……”

“你这家伙越看越可疑，你……”弗罗皮塞顿了顿，两眼一瞪，问道，“你小子是偷渡的吧？”

不等鲁滨逊回答，他又摇着头自言自语地说：“不对不对，这世上哪儿有人会偷渡到南极去？除非他脑子有毛病。”

什么？鲁滨逊简直不敢相信自己的耳朵。南极？不会是自己听错了吧？“你刚才说什么？这条船的目的地是哪儿？”

“你耳朵聋了？我不是说了南极嘛。”

啊！

天哪！

南极！

世界如此之大，怎么偏偏是南极！

顿时，鲁滨逊的脸像南极的冰山一般僵住了。

你了解南极吗？

鲁滨逊的探险新历程将在神秘的南极大陆上展开。南极到底在哪里，究竟有多冷，它属于哪个国家呢？让我们先来了解一些关于南极的基本知识吧。

南极在哪里?

顾名思义，南极位于地球的最南端。但究竟哪些地区属于南极呢？当然，我们无法在海洋或冰川上画线，关于南极的范围，主要涉及以下 3 个概念。

1. 南纬 60°

由世界上几十个国家共同签定（或加入）的《南极条约》规定：南纬 60° 以南地区为南极。这包括南极大陆以及周边的岛屿和海洋。以格林尼治子午线（0° 经线）为界，其东侧是东南极，西侧是西南极。

2. 南极辐合带

在南极大陆周围，寒冷的水流与温暖的水流互不交汇，两者之间的分界线就是南极辐合带。生物学家以南极辐合带为界，把交界线以南地区划分为生态上的南极范围。南极辐合带不规则，大致范围在南纬52°～62°内，两侧的水温差异极大，生活在其中的生物种类也截然不同。

3. 南极圈

天文学家以南纬66.5°为界，将其南侧称为“南极圈”。在南极圈内，一年中分别持续几个月是白昼（极昼）或黑夜（极夜）。在南半球，有无极昼和极夜现象的地区分界线就是南纬66.5°。同理，北纬66.5°以北的区域为北极圈。

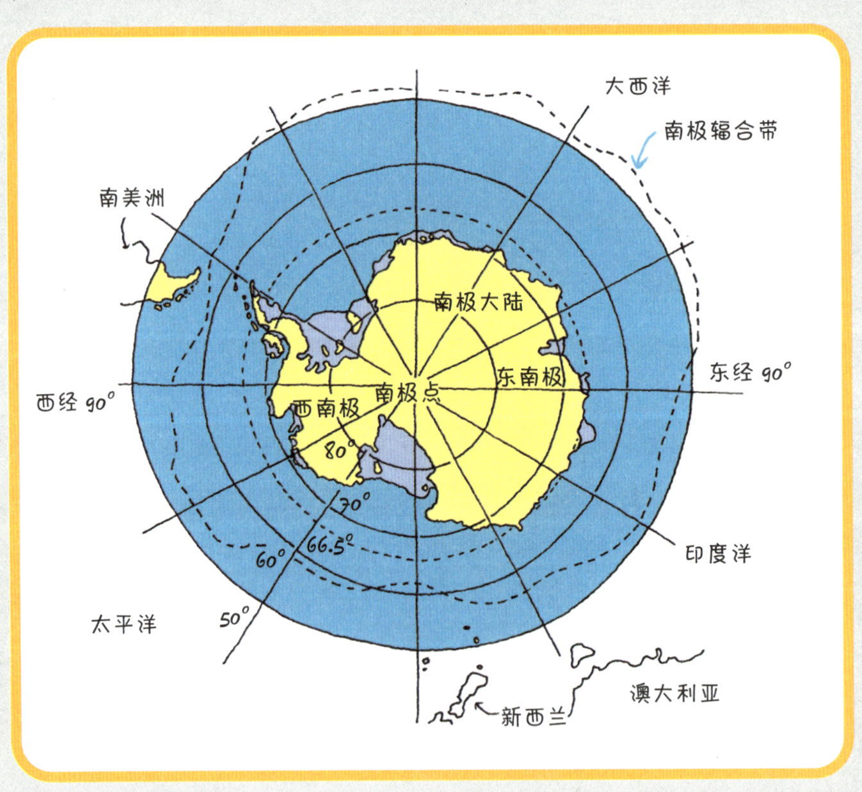

为什么南极的白天和黑夜如此漫长?

地球每天自转一圈，与此同时，地球还围绕着太阳转动，这叫公转。自转产生了白天和黑夜，公转则带来了四季的更替。

地球的自转轴是微微倾斜的，所以在南极和北极的夏天，即使是晚上也会有太阳照耀，而到了冬季，即使是白天也见不到太阳。不过这种现象只发生在南极圈（南纬 66.5° 以南）和北极圈（北纬 66.5° 以北）里。

同样是在南极圈，因纬度的不同，具体情况也会稍有差异。在南纬 70° 处，从 11 月中旬到次年 1 月下旬是极昼，5 月下旬到 7 月中旬是极夜。而在南纬 80° 处，极昼和极夜持续的时间分别为 4 个月。在南纬 90° 的南极点，则半年是极昼，半年是极夜。

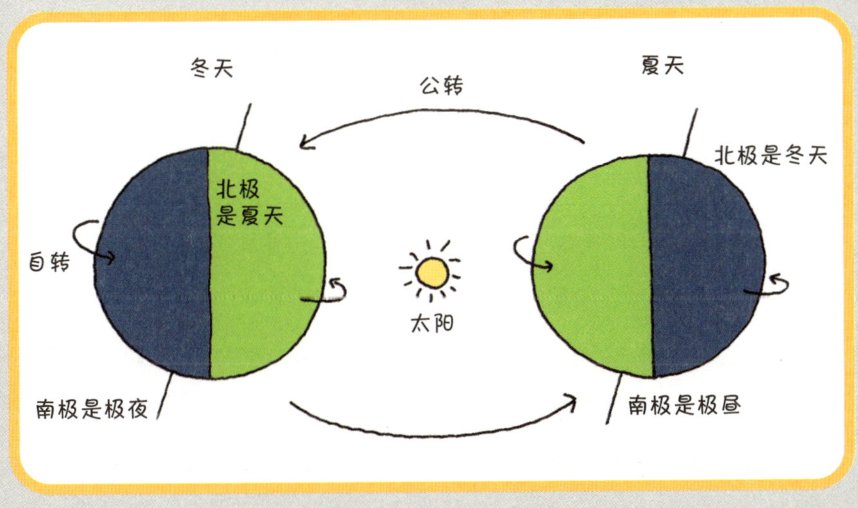

南极属于哪个国家？

北极的岛屿各有所属，南极大陆却名花无主。不，准确地说，是“主人”太多了，世界上许多国家都曾宣称南极是本国的领土。

最早宣称对南极享有主权的是英国。1908年，英国声称西南极的一部分是其领土。随后，其他国家争相效仿。20世纪40年代，法国、智利、新西兰、挪威、阿根廷、澳大利亚等国家纷纷声称从某处到某处是本国领土，使得南极这块冰封万年的平静大地笼罩上了国际纷争的阴影。各国的依据也多种多样，比如，有的说南极是他们首先发现的，有的则说南极离他们更近，等等。

1959年，美国、英国、苏联、日本等12个国家签订了《南极条约》，其中规定，从今以后任何国家都不得提出对南极的主权要求。但条约并没有对此前的纷争做出任何裁定。因此，南极大陆至今无法确定其归属。

可以说，南极现在不专属于任何一个国家，它属于全人类。

南极与北极有什么区别？

南极和北极都是极地，但差别很大，其中最显著的一个差别是：北极是被欧亚大陆和北美大陆包围着的海洋（北冰洋），而南极却是一片广阔的陆地。南极大陆的面积为1200多万平方千米，大概是中国陆地面积的1.3倍。

从古代开始，北冰洋中包括部分格陵兰岛在内的岛屿上就生活着被称为因纽特人的原住民，但南极却没有原住民。北极有北极熊，南极却没有南极熊；南极有企鹅，而北极却没有。南极和北极都有的代表性动物是鲸。

南极和北极，究竟哪个地方更冷呢？答案是南极。因为笼罩在南极大陆上的冰雪将90%的太阳光都反射了回去，而北极的海洋却可以吸收一部分太阳热，所以北极比南极温暖。

南极究竟有多冷？

极地比其他地区冷，是因为太阳高度角小，也就是说，地表和太阳光之间的角度小。太阳高度角在赤道（纬度0°）最大，纬度越高，太阳高度角越小。在南极点（南纬90°）和北极点（北纬90°），即便是在夏季，太阳高度角最多也只有23.4°。太阳高度角小，地面接收的热量就少，所以极地的天气比其他地区要寒冷得多。

南极的年平均气温在-23℃左右，而韩国中部地区的年平均气温为10℃，可见南极有多冷。年平均气温是全年的气温平均值。而每到冬季，南极大陆高原地带的气温能够降到-70℃。最近观测到的南极的最低气温为-89.6℃。

位于南极最南端的南极点又有多冷呢？那里的年平均气温为-49.4℃，根本不适宜人类居住。

太阳
（长得真像末淑的脸……）
赤道的太阳照射角度高，
接受的光照也多
北极（北纬90°）
0°（赤道）
南极（南纬90°）
极地的太阳照射角度低，
接受的光照也少
赤道的太阳照射角度
好热！
一年四季气候炎热
极地的太阳照射角度
好冷！
23.4°
即便是在夏季也很寒冷

倒转的表针

“这么说，这艘船上的船员就是南极探险队？”

“是啊。”

“如果我们在南极大陆一侧的海岸登陆，就可以坐着雪橇，横穿大陆到对面的海岸去了？”

“可不是嘛！别看你长得难看，理解力还是不错的。”

“可是你们为什么要做这种毫无意义的事情呢？”

“你说什么？毫无意义？”弗罗皮塞顿时勃然大怒，凶巴巴地瞪起了眼睛。鲁滨逊不由得后退了几步，连忙像赶苍蝇似的拼命摆手：“不不，我的意思是……以前早就有人进行过南极探险了，为什么你们还要去呢？”

“有人去过了？哈哈哈……你疯了吧！”弗罗皮塞放声大笑，嘴里喷出的唾沫星子像雨点一样落在鲁滨逊身上。

鲁滨逊慌忙又后退了两步，诧异地问：“你笑什么？我说的有什么不对吗？雪橇探险是很久以前的阿蒙森时期流行的，到现在都快 100 年了。”

“小子，你大白天说什么梦话啊？阿蒙森第一次征服南极点不过是3年前的事情而已。”

“什么？”3年前？我从漫画书里明明看到阿蒙森的南极探险发生在将近100年前的20世纪初啊，这是怎么回事？

鲁滨逊困惑不解地望着弗罗皮塞。不对，肯定有什么地方不对。他下意识地环顾了一下四周，房间里的摆设、弗罗皮塞的衣着打扮，都跟他在黑白西部影片里看到的一样。“这、这到底是怎么回事？”鲁滨逊喃喃自语道，“现在是几几年？”

“没见过你这么笨的，连年份都搞不清楚。平时连日历都不看吗？”弗罗皮塞咂了咂嘴，用手指了指挂在墙上的日历。一幅巨大的日历歪歪斜斜地挂在那里，几乎遮住了一半的墙壁。鲁滨逊小心地转过头向墙上望去。

“天哪！”他感觉自己的心猛地往下一沉。

这一看不要紧，他的眼睛突然像猫头鹰一般睁得溜圆，嘴巴张得足以吞下一头河马，每根头发都像钢丝一样直竖了起来。

日历的最上端，用醒目的大字写着：1914。

我的天哪，现在不是2003年，居然成了1914年！

已经过去30分钟了，鲁滨逊依然像木桩一般站在日历前面，一动不动。弗罗皮塞不停地摇晃他的肩膀，拉扯他的胳膊，甚至还挠他痒痒，但鲁滨逊还是全身僵硬。

到底是怎么回事？难道漫画里所说的时间机器真的存在吗？可是别说时间机器，就连自行车我都没骑过呀！这日历该不会是假的吧？不会是有人在跟我开玩笑，捉弄我吧？可到底是谁呢？他为什么要这么做？

“喂，小子，你倒是动一动呀，你的脚都发麻了吧？”

弗罗皮塞急得咚咚地捶自己的胸口，动作活像一只大猩猩。这小家伙不会得了什么绝症了吧？他不由得担心起来。虽说这世界上的疾病千奇百怪，但从没听过看一眼日历就全身僵硬的怪病啊！

“你……”弗罗皮塞小心翼翼地问，“你是不是担心我们的船会撞到冰山，所以才吓成这样？”

“……”

“别担心，这可是世界上最漂亮、最牢固的船了。”

鲁滨逊眉毛一动：这话我好像在哪里听过？

“而且负责航海的船长也是世界上最优秀的。所以……”

“等一下！”鲁滨逊大喝一声，打断了弗罗皮塞的话。一个念头像闪电一般划过他的脑海。世界上最漂亮、最牢固的船！全世界最优秀的船长！这不是……这不是昨天晚上临睡前我对着挂表祈祷的内容吗？难道这个挂表……

鲁滨逊下意识地低下头，看了看挂在脖子上的表。

他不由大吃一惊，一把抓起挂表，举到自己眼前。怎么会这样？和昨天相比，表针分明往左侧倾斜了一点。虽然倾斜的角度很小，但确实不在昨天的位置上了。表针是什么时候走动的呢？

鲁滨逊闭上眼睛，陷入了沉思。他模模糊糊地意识到一个重要的问题。

与沙克尔顿队长的相遇

“我知道了，原来是这样！”默默思索了片刻之后，鲁滨逊恍然大悟似的点了点头。

为什么表针会倒转？很显然，这个挂表是一部时间机器，它带着鲁滨逊回到了遥远的过去。这表还真如撒乌里乌斯所说，有着神奇的力量。不过鲁滨逊可没有心思惊叹，反而十分气恼：一开始毫无反应，后来祈祷了半天，虽说灵验了，可它并没有满足鲁滨逊想回家的愿望，却把他送到了过去，真叫人哭笑不得。

“都怪撒乌里乌斯，送块破表给我！”

正当鲁滨逊气呼呼地瞪着挂表，嘴里嘟嘟囔囔抱怨个不停的时候，门外走廊上传来了沉重的脚步声。

弗罗皮塞一听慌了手脚，正想把房门关上，可是来不及了，那个人转眼间已经来到了门口。鲁滨逊的目光和出现在门口的人碰了个正着。

“啊！”鲁滨逊情不自禁地惊叫一声，下意识地缩了缩肩膀。

男子的目光异常犀利，仿佛一眼就能把人看穿。他的脖子有树桩那么粗，肩膀像摔跤选手一样宽厚，身材强壮得像是用铁块铸成的，显然不是一个寻常人物。

“这个小不点是谁？”男子用下巴指了指鲁滨逊，用低沉而威严的声音问道。

弗罗皮塞不敢作声，偷偷瞥了一眼鲁滨逊，那目光仿佛在说：这下你死定了。

出乎他的意料，鲁滨逊一点也不害怕，反而把头昂得高高的。男子刚才说的话挫伤了他的自尊心：我都20岁了，竟然还说我是小不点？

“我不是小不点，我叫鲁滨逊。您是谁呢？”

男子的脸上掠过一丝惊讶之色，看来他没想到这个貌不惊人的小家伙会这样镇定地跟他顶嘴。他那抿成“一”字形的嘴唇上闪过一丝不易察觉的笑意。

“我是……”他缓缓地开了口，“南极探险队的队长沙克尔顿。”

欧内斯特·沙克尔顿，探险家，人类历史上第一个试图穿越南极大陆的人！

你知道吗？

沙克尔顿探险船队的厨房帮手是一个名叫布莱克·博罗的年轻人。有意思的是，他并不是通过正式选拔上的船，而是一个偷渡者。他的朋友是一名正式队员，临行前偷偷地把他带到了船上。沙克尔顿得知后，先是火冒三丈，后来安排他在厨房里打杂。在探险过程中，他的脚被严重冻伤，十个脚趾全部被截掉了。尽管遭受了这样的病痛折磨，他还是陪伴在沙克尔顿的身边，忠诚地履行着自己的职责。

成为坚忍号队员

“说，你为什么会躲在这艘船上？”沙克尔顿用锐利的目光望着鲁滨逊。他已经连续问了七遍，但鲁滨逊还是一声不吭。他还没想好该怎么应付沙克尔顿的盘问。

怎么说才好呢？如果我说是被时间机器带到这里来的，他肯定不会相信，他也绝不可能为了送我回家，为了把我带到陆地上去，而放弃自己的探险计划。既然这样，还不如跟着他一起去南极探险呢。这倒是个好主意，要不然，这辈子哪儿有机会到南极去呀。

“其实……”鲁滨逊终于张开了嘴，“我就是想去南极，所以偷偷溜到您的船上来了。”

“什么，想去南极？你？”沙克尔顿诧异地反问了一句。

“是啊，难道我不能去吗？”

“你这个不知天高地厚的小家伙！”沙克尔顿瞪起眼睛说，“你以为南极是个游乐场吗？那里可是世界上最冷、最危险的地方，说不定什么时候就会大难临头，你不害怕？”

“有什么好怕的，你们不也要去吗？”

“我和我的队员都不是普通人，我们个个都是经过严格审查，层层筛选出来的航海专家。”

哼，这不是明摆着瞧不起人嘛！你可不知道我的来历，怎么说我也是个经过大风大浪的勇士……鲁滨逊心里想着，不高兴地说：“可是我现在已经在船上了，您准备怎么办呢？”

“你这家伙……”沙克尔顿正想说什么，弗罗皮塞小心翼翼地插了一句：“队长！”

“嗯？”

“我们就带着他一起去吧，怎么样？”

万岁！早认识半小时就是不一样，关键时刻能挺身而出替我说话。鲁滨逊恨不得紧紧地拥抱弗罗皮塞，在他脸上亲几下。

弗罗皮塞接着说：“我们总不能因为这家伙掉转船头，也不能把一个大活人扔到海里去喂鲸鱼吧？”

“像他这样的人，鲸鱼都懒得吃，喂鲨鱼还差不多。”

什么，瞧这些野蛮人！我一个好端端的人，居然被他们当成了鱼食？鲁滨逊对沙克尔顿怒目而视，但沙克尔顿队长丝毫没有道歉的意思。

“那这个傻小子有什么用呢？让他留在船上，只会浪费我们的粮食。”

“他虽然长得傻乎乎的，不过当下人使唤总可以吧？要不然让他在厨房里打打下手……”

“嗯，这主意倒不坏……”沙克尔顿摸着下巴想了想，又回

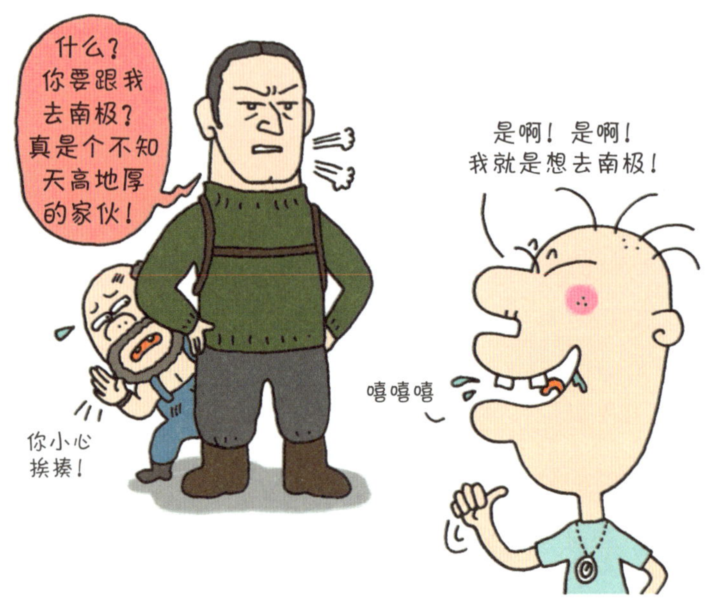

头看看鲁滨逊，“喂，小不点，你会洗碗吗？”

我可不会洗碗，在家洗碗的时候，砸碎的碗不下 100 个……鲁滨逊本想这样回答，但马上改变了主意。一定要说自己会洗碗，这样才有可能留在船上，和探险队一起去南极。

“当然了！我 1 分钟之内就能洗 100 个碗！”

“这么快？ 1 分钟？恐怕是砸碗的时间吧！”

鲁滨逊一脸尴尬，不知道说什么好。

沙克尔顿用锅盖般的大手重重地拍了几下他的肩膀，说：“好吧！我现在就任命你为这条船的伙夫。这条光荣的船叫‘坚忍号’，不管遇到多大的困难，希望你都能坚持、忍耐下来，不过……”

哈哈，终于可以去南极旅游了！探险结束后，就算没有薪水，沙克尔顿队长也会给我些回韩国的路费吧……鲁滨逊心里美滋滋地盘算着。

就在这时，沙克尔顿话锋一转，凶巴巴地说：

“不过如果我们粮食不够了，第一个就会把你吃掉！怎么样，有意见吗？”

啊！刚才要拿我喂鲨鱼，一转眼又说要吃掉我。说不定哪天我不是在洗碗，而是被盛在碗里送到他面前了。这人究竟是探险队队长，还是食人族的族长啊？

鲁滨逊吓得双腿直发抖，好不容易才站稳了没趴下，答道：“没、没，绝对没意见！”

你知道吗？

沙克尔顿的探险资金不仅有来自于政府的拨款，而且还有全世界数百万名支持者寄来的资助金。全球各地的人之所以对这名素不相识的探险家给予如此热情的支持，是因为在当时，南极探险活动就像我们今天的“世界杯”足球赛一样，是举世瞩目的大事。特别是阿蒙森、沙克尔顿这些特级探险家，可谓是顶级明星，名气丝毫不亚于今天的足球运动员罗纳尔多。

走！到南极去

甲板上的情景十分怪异：十几只毛茸茸的爱斯基摩犬被拴在船头，旁边堆着一堆煤炭，足有小山那么高，两根桅杆之间的粗大缆绳上挂满了喂狗用的鲸鱼肉。

这艘船是用钢铁般坚硬而沉重的木头制成的，三张巨大的船帆迎风招展。坚忍号看上去既灵巧又牢固，既朴素又精美。鲁滨逊四下观望着，心想：在那个年代，这确实不愧为世界上最漂亮、最牢固的船。

“什么？听说来了一名新队员？”

“说是专门来洗碗的。”

“怎么长得跟骡子似的？”

听说船上有新来的人，队员们都好奇地聚拢过来。

这27名队员是沙克尔顿从5000名报名者中精挑细选出来的，可以说都是一流的航海能手。大家争先恐后地向鲁滨逊伸出手来，和他握手。

“很高兴认识你！以后我们就是一家人了。”

“你要是觉得不舒服，就随时告诉我们，我们会马上把你送到岸上去。”

“哈哈，又来了个小兵！”

队友们个个都那么友善、活泼。鲁滨逊一点也不觉得陌生，反而像是跟相识多年的朋友在一起一样。他心里不由地想，或许去南极真是自己的宿命呢。他稀里糊涂地来到坚忍号，现在慢慢开始有了亲切感。

“小毛孩，过来一下！”突然，一个长相凶恶的男子一把抓住他的胳膊，把他拽到角落里。

鲁滨逊莫名其妙地望着他。

“你记住，从今天开始，你死定了！”

“你是谁呀？”

“我嘛，”男子态度倨傲地说，“我就是你的顶头上司，这条船的大厨。”这位大厨名叫巴比塔，可怎么看都不像个厨师。

晚上，鲁滨逊站在甲板上眺望海上的夜景。

他刚洗完将近30个人的碗，累得腰酸胳膊疼。不过这是值得的，只要一想到自己现在正在去往神秘的南极大陆的途中，他就兴奋不已。

对于充满好奇心的鲁滨逊来说，这无疑是一次饶有趣味而又激动人心的探险经历。

虽然有点担心探险结束之后该怎么回家，不过他还是决定以后再去考虑这个令人头疼的问题。当务之急是如何平安、顺利地完成这次探险。而且，他还有一块神奇的挂表，虽然不怎么听话，但能在一定程度上满足他的愿望。

“好！走！到南极去！”

鲁滨逊把双手高高举过头顶，使劲高呼了一声。停在桅杆上的几只海鸥受到惊吓，展开翅膀扑棱棱飞了起来，不一会儿就消失在茫茫夜色之中。

Stage 2

最顽强不屈的探险队

铲冰、排水，抓海狗、捕鲸鱼，
厨房伙夫鲁滨逊与大家并肩作战，
浮冰的攻击没能消退坚忍号的意志，
光荣的队员们团结一心，进行着不屈的战斗……

向惠瑟尔湾出发

1914 年 12 月，坚忍号乘风破浪，顺流南下。

此时北半球已是寒冷的冬天，但南半球的季节和北半球正好相反，现在正是初夏。

说是夏天，却一点也不热，准确地说，是一点也不暖和。南极大陆的盛夏比很多地方的严冬还要冷得多。不过因为坚忍号尚未进入南极圈（南纬 66.5° 以南），大家还没有感觉特别寒冷。甲板上的温度计始终在 -5℃上下波动。

“我们现在正开往南极大陆的边缘海——威德尔海，我们的目标是在那儿登陆。”

说着，沙克尔顿用手指了指地图上的一个点。这个像水瓢一样凹进去的地方叫惠瑟尔湾。探险队计划从这里登陆，然后坐雪橇穿过南极点，最终到达南极大陆另一端的罗斯海岸。

可以说，这是一次用生命作赌注的旅行。

“我们还要多久才能到达登陆的地方呢？”鲁滨逊看着地图问。

“嗯，可能1个月左右吧，如果我们能幸运地躲过浮冰群的话。”

“浮冰群？”

“漂浮在海面上的冰块叫浮冰，在威德尔海周围，有许多浮冰成群地漂浮着，那就是浮冰群。”

“这和冰山有什么不一样吗？”

“冰山指的是像山那么高大的冰块，高度最少也有200～300米，浮冰要比冰山小一些。”

浮冰能够随着风或洋流，随时改变漂流方向。

浮冰的直径一般在几十米上下，厚5米左右，每一块的重量都在几十吨以上。在威德尔海上，这样巨大的浮冰会成千上万地集结在一起，在海面上漂浮，对航行的船只有着致命的威胁。

对于在南极圈内航海的船员来说，浮冰群是恐怖的代名词，令人胆战心惊。

“如果船只被困在浮冰群的夹缝之间，成功脱险的可能性几乎为零。要是再被浮冰撞个正着，那就……”

“那会怎么样呢？”鲁滨逊不由打了个寒噤。

沙克尔顿瞥了他一眼，面无表情地答道：

“那会怎么样？那就完蛋了呗。”

“啊……”

鲁滨逊禁不住叫出了声。这可不是开玩笑的……他心中一惊，冒出了一身的冷汗。

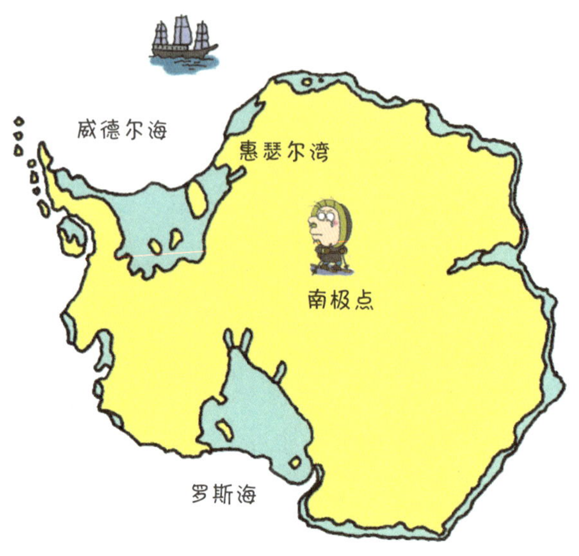

沙克尔顿的探险计划

你知道吗？

威德尔海是被南极大陆、帕玛半岛和南桑德韦奇群岛所包围的一片圆形海域。由于海洋四周被陆地团团包围，冰山无法流出，常年在海面上漂浮。威德尔海的强劲海流就流向惠瑟尔湾的反方向——帕玛半岛，所以要想去往惠瑟尔湾，就得与海流、冰山两大强敌搏斗。

一旦撞上冰山，再庞大、再结实的船只也难逃一劫。最有说服力的例子就是 1912 年在北大西洋和冰山相撞的豪华巨轮“泰坦尼克号”。这艘当时世界上最大的客轮长 265 米，重 46000 吨，人们都认为它是绝对不会沉没的。但是在冰山的威力面前，它完全不堪一击。“泰坦尼克号”的沉没充分证明了人类的技术与大自然的力量相比，是多么脆弱无力、不值一提。

极昼的圣诞节

“哇，真奇妙，晚上还有太阳！”鲁滨逊连连惊叹。他终于亲眼看见了传说中的极昼。极昼现象发生时，太阳终日不落，始终停留在水平面上方，只向两侧移动。

“啦——啦啦啦……”船舱里传出嘹亮的歌声。队员们正在开圣诞晚会，又是唱歌，又是跳舞。动听的圣诞歌曲回荡在南极的天空下。今天是平安夜。夜深了，队员们的歌声渐渐小了下去。

突然，数百万根闪闪发亮的银针从天空中纷纷落下，这就是南极奇观之一——冰雨。这壮丽的景象，或许就是大自然为祝贺耶稣诞生而送上的一份礼物吧。如果耶稣能让所有的冰雪都融化，那就好了。鲁滨逊边想着边忧愁地望着远处的海面。

最近几天，探险队在海上频繁遭遇浮冰群。浮冰从四面八方急速猛烈地撞过来，似乎随时都会把船掀翻，那种恐怖的景象真是令人魂飞魄散。多亏沙克尔顿指挥老练，他们才能每次都转危为安，但鲁滨逊还是惊魂未定，心有余悸。

“小子！不去洗碗，站在这里干吗？”突然，一个声音在耳边响起，就像打破砂锅时发出的声音一样难听。鲁滨逊回头一看，原来是巴比塔大厨，他浑身酒气，满脸通红。

他和鲁滨逊是坚忍号上有名的冤家对头。只要两个人同时在厨房待着，吵嘴的时间一定比干活的时间还长，害得可怜的队员们经常到点吃不上饭，肚子饿得咕咕叫。

“大家还在开晚会，洗什么碗？我又不是洗碗机，成天洗碗。”

“敢和我顶嘴？你这个豁嘴的家伙！”

“豁嘴？”

“说的就是你！不是豁嘴的话怎么睡觉的时候老流口水？”

“我流口水关你什么事，你干吗这么挖苦我？”

“准确地说，不是流口水，简直就像喷泉一样。害得我每天晚上都梦到自己在游泳。”

“那是因为你老把饭烧焦，害得我每天吃乌黑的米饭，肚子不舒服才会那样的！”

“你说什么？我……我什么时候把饭烧焦了？”

“我自从吃了你做的饭，才领教到怎么把大米做成焦炭。”

“什么？焦炭？你太过分了！”两个人你一言我一语，针锋相对，一直吵到天亮。后来，鲁滨逊实在累坏了，他刚闭上眼睛打了个盹，一阵急促的呼喊就打破了清晨的宁静。

“有情况！”

“冰山！冰山！”

“浮冰群！”

巨大的浮冰群遮挡了眼前的视线，飞快地向坚忍号冲来。

神秘的南极冰

南极是一片辽阔的冰川。南极大陆95%以上的面积被冰层所覆盖,冰层的平均厚度达2450米,最厚的地方厚达4800米,比韩国的汉拿山(海拔1950米)和中国的长白山(海拔2691米)加起来还高。南极冰雪的总体积约为2450万立方千米,占全世界冰雪总量的90%,总重达20兆吨。

冰川

冰是坚硬的固体,在我们的印象中似乎不会移动,但事实并非如此。高处的冰会缓慢地向低处流动。南极大陆内部高原地带的冰每年向下移动1～5米,越接近海岸,下移的速度就越快。从山顶“流”下来的冰的“河流”就叫冰川或冰河。

冰川往下流动时,如果山坡的倾斜度大,冰的表面就会裂开,形成很深的裂缝。裂缝的深度一般在50米以上,其入口被雪覆盖,不易察觉,非常危险。一旦陷落,便有生命危险,所以探险家把这可怕的裂缝称为“恶魔的陷阱”。

南极大陆的海岸上有着数百条大大小小的冰川。其中最长的是东南极的兰伯特冰川,长约400千米,最宽处可达64千米,这条冰川里的冰以每年300米左右的速度流动,大约每天1米。

笼罩海洋的冰架

顺着冰川流下来的冰到达海岸后，仍旧牢牢地凝固着，被冰所覆盖的海洋就叫冰架。你可以把冰架想象为一个巨大的溜冰场。有的冰架的冰层厚度可达1000米。南极海岸的1/3都被这样的冰架覆盖着。

南极冰架中最大的是跨越南极东部和西部的罗斯冰架，面积相当于朝鲜半岛面积的两倍。

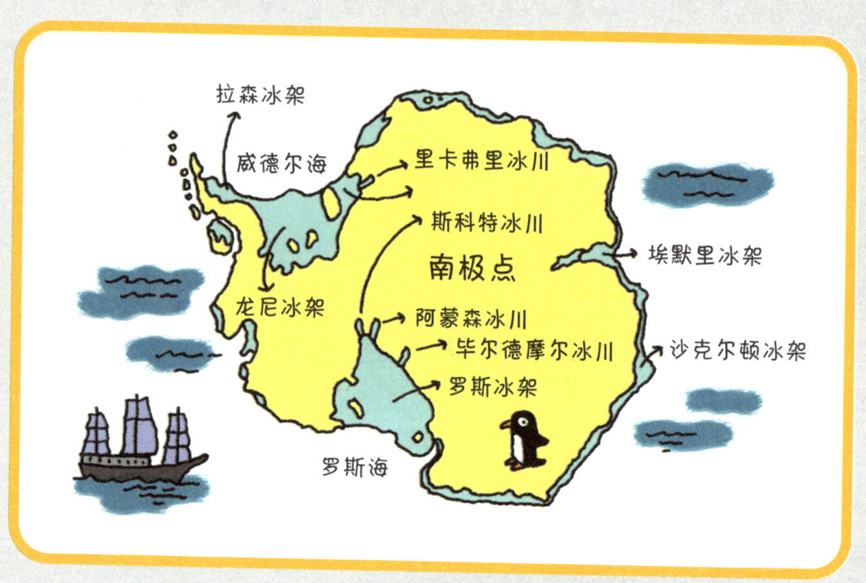

比香港岛大300多倍的冰架

冰架上有时会有巨大的冰块掉落下来，这些从冰架上分离出来后漂浮在海面上的、高达数百米的大冰块，就是我们常说的冰山。北极的冰山呈金字塔形，顶端尖尖的。而南极的冰山由于是从冰架上分离出来的，所以像桌面一样平坦。

历史上最大的冰山是1956年在罗斯冰架附近被发现的，面积达3万平方千米，相当于1/3个韩国。1963年，一座面积为1.4万平方千米的冰山从埃默里冰架上崩解。1980年，面积为1.7万平方千米的冰山从菲尔希纳冰架上崩裂。2002年5月，从罗斯冰架上崩塌的“C-19”冰山的面积有6000平方千米，差不多有76个香港岛那么大，而香港岛的面积约为78平方千米。

冰山随着南极的洋流，平均每天移动10～15千米。随着时间的推移，冰山会分裂成好几部分，形状也变得不规则起来。今天，南极海面上漂浮着无数大小不同、形态各异的冰山。

比冰山更可怕的浮冰

冰山不断分裂，最后变成小型的冰块，这种小型的冰块叫作浮冰，浮冰成群结队地在海上漂浮着，形成浮冰群。

浮冰比冰山小得多，但危险性反而更大。因为它们能随时改变方向，移动迅速，而且不像冰山那样，从很远的地方就可以被发现，有时连雷达都无法探测到它们的存在。不仅在沙克尔顿时代，即便是在科学技术发达的今天，浮冰也是航行在南极的船只的大敌。

被困的坚忍号

“向右转弯！”

突突突突……

“向左向左！”

突突突突……

“快减速！小心撞上冰山！”

海上风谲云诡，险象环生。庞大的浮冰相互撞击，发出一阵阵震耳欲聋的巨响，足有楼房那么高的巨浪像海啸一般扑面而来。驾驶室里，掌握方向盘的大副和操舵手的胳膊上都青筋毕现。甲板上，船员们汗如雨下。

哐哐哐——

嘭——

咣当——

这是人类与自然之间的激烈对抗。坚忍号在浮冰与浮冰之间狭小而曲折的缝隙中艰难地穿行着，试图摆脱浮冰的围困。尽管队员们使出了浑身解数，坚忍号却始终没有找到出路。

残酷的战斗持续了许久。不知不觉，正午已过，波浪起伏的南极海面上，阳光分外耀眼。

咣——

“啊！”

“哎呀！”

随着此起彼伏的尖叫声，队员们全都重重地摔倒在甲板上。

船身剧烈地摇晃了一下，猛地向一侧倾斜过去。

坚忍号并没有撞上浮冰，这是怎么了？鲁滨逊好不容易才扶住船舷，正在疑惑不解的时候，耳边响起了沙克尔顿又惊慌又懊恼的声音：

“该死，是泥沼！”

泥沼？这里既不是海滩，又不是泥塘，哪儿来的什么泥沼？鲁滨逊更加糊涂了。他定睛往海面上一看，不由倒吸了一口冷气。

“啊！”海上的情形变得十分诡异。随着气温的升高，冰块纷纷融化，无数碎冰覆盖在海面上，整个海洋已经变成了一个浓稠的冰泥沼，看上去就像一个巨大的布丁。

在这种状况下，再熟练的船员也无法操纵船只正常航行。因为船已经不是浮在水面上，而是陷入了一片“泥泞”之中，寸步难行。

“掉转船头！马上后退！”沙克尔顿声嘶力竭地高喊着，催促着船员们。但是深深陷入冰泥沼之中的坚忍号已经无法掌控重心，引擎的马力虽已加到最大，船还是无法前进，只是左摇右晃地在原地打转。

要是到了晚上，气温下降，泥沼重新结成冰，那可怎么办呢？

鲁滨逊闭上眼睛，用力摇头，想把这不祥的念头赶走。他扑通一声跪倒在厨房的地板上，开始虔诚地祈祷起来：“神灵啊，请把这冰布丁变成水吧！”

但这次神灵没有理会他的祈祷。晚霞渐渐染红了在冰泥沼中挣扎的坚忍号的船帆。

夜幕降临了。融化了一半的海水重新结成坚硬的冰块，泥沼一般的海面逐渐变成薄薄的冰原。到了清晨，海面被冻得结结实实的。在方圆 10 千米的巨大冰层中间，坚忍号被牢牢地冻住了，就像一颗嵌在巧克力中间的小小杏仁。

这时，坚忍号距离目的地惠瑟尔湾仅有 100 多千米。

冬天临近了

日子一天天地过去。

随着坚冰的逐渐融化，坚忍号四周开始出现窄窄的通路，但却不足以让一条船通过。

过了 1 个月，队员们逐渐意识到一个重要的现实：除非整个冰层完全融化、解体，否则坚忍号是无法脱离困境的。

这就意味着他们必须在原地度过至少 8 个月的漫长时光。现在是南极的夏末——2 月份，等过了 3、4 月份以后，可怕的冬天就会到来。在下一个夏季——11 月份来临之前，这厚厚的冰层是绝对不可能融化的。

前方等待着他们的，是什么样的命运呢？队员们谁也不敢想。

1915 年 2 月 24 日凌晨，沙克尔顿把队员们召集到甲板上，说有重要的事情要宣布。人群中传出一阵短暂的骚动，但马上就安静了下来。每个队员心里都很清楚队长将要宣布什么消息。

“大家都到齐了吗？”

“到齐了！”船员们用洪亮的声音齐声答道。

“从今天开始，我们不要再试图逃脱了，这纯粹是浪费时间。我们要做的应该是尽量保证粮食和燃料的供应。明白我的意思吗？”

“明白！”依然是响亮的回答。

但这次回答的并不是所有人。鲁滨逊一个人举起手，大声喊道：“不！”

这小子怎么了？

队员们的目光齐刷刷地扫向鲁滨逊。巴比塔惊慌失措地用手去捂鲁滨逊的嘴。在这么严肃的时刻，他的部下胆敢提出异议，真是丢尽了他的颜面。

沙克尔顿诧异地问道：“滨逊，你为什么回答‘不’？”

“因为……”鲁滨逊自豪地说，“因为我本来就是一个在所有人都答‘是’的时候，有勇气说‘不’的人，哈哈！”

沙克尔顿一听，浓浓的眉毛顿时皱成了“八”字形。

由于出言不逊，鲁滨逊被罚独自打扫甲板一整天。

队员们马上开始做越冬准备。他们对坚忍号进行了全面检修，还更换了船舱里的供暖设备。此时的坚忍号已不单单是一条船，而是他们过冬的海上基地。

接着，队员们下了船，来到坚硬的冰原上，给雪橇犬搭建了过冬的屋子。这些屋子是用冰砖和雪盖成的，就像因纽特人的圆顶冰雪屋一样。虽然夏天还没有完全过去，但气温已经降到 -20℃了。

2 月的最后一个晚上，刺骨的北风呼啸而过，这是夏天结束的信号。坚忍号所在的冰层在寒风的作用下，以缓慢的速度在海上漂移着。

美丽的冰弹

“嘻嘻嘻，企鹅走路的姿势可真有趣。”鲁滨逊的笑声在冰原上回荡。

他正在饶有兴致地观赏“南极绅士”——企鹅。这里的企鹅多种多样。有身躯庞大、神情傲慢的帝企鹅，有小巧可爱的阿德利企鹅，还有头上长着漂亮流苏的马可罗尼企鹅。

鲁滨逊跟在企鹅们后面，模仿着它们摇摇晃晃走路的样子。

“小子，让你去打猎你不去，在这里干吗？”巴比塔又过来找碴儿了。

他拉着一副雪橇，上面躺着几只胖乎乎的海狗。队员们现在两三个人为一组，经常出去捕猎海狗。虽然心里一万个不情愿，鲁滨逊和巴比塔还是被分在了同一组。

“黑炭大叔，你别老折磨人好不好？现在可是我的休息时间。”

“休息？你怎么一天到晚都在休息？还有，你点火干什么？不知道我们的燃料已经不够用了吗？”巴比塔说着，用责备的眼神望着鲁滨逊的脚下。

一个铁皮水桶架在石油灯上面，里面的水已经烧开了，热气腾腾的。

“我想喝杯热茶嘛，嘿嘿。”

“你倒是挺有兴致！”巴比塔冷笑一声说，“凑合着喝凉茶吧，别浪费燃料！”

他转身走了，临走之前冷冰冰地扔下一句：

“在我回来之前，快去捕几只海狗！要不然晚上让你饿肚子！”

他的脸上浮现出阴险的笑容。

“哼，居然拿饭来要挟人！”鲁滨逊气呼呼地瞪着巴比塔那又矮又胖的背影，嘴里咕哝着，“没有一顿饭不是烧焦的！有什么了不起，你以为我稀罕吃你做的饭吗？还不如吃炭呢！”

正当他嘀咕个没完的时候，突然听到一个奇怪的声音。

哗啦！

什么声音？鲁滨逊吓了一跳，东张西望了一会儿，像被火烫着了似的叫了起来："啊！"

从冰洞里冷不丁钻出来一个长着斑点的怪物！这只身躯庞大、脑袋和脖子上布满黑色斑点的动物叫豹形海豹。由于它有着硕大的脑袋、锐利的犬齿、凶猛的食性，因而被称为"海豹之王"。它肚子饿的时候，甚至还会吃人，因此有"南极杀手"之称。

这只豹形海豹露出尖尖的犬齿，摇晃着沉重的身躯，飞快地向鲁滨逊扑来。它锐利的牙齿在阳光下闪闪发亮，看上去恐怖极了。显然，它把鲁滨逊当成一只长相怪异的猎物了。

鲁滨逊慌忙躲到油灯后面，但豹形海豹并不怕火，反而一边喷着浓重的鼻息，一边步步紧逼。

"走开，快走开！求求你了！"鲁滨逊的语气近乎哀求，但海豹还是对他虎视眈眈。

这样僵持了一会儿，眼看油灯的火光越来越暗淡，火一灭，鲁滨逊就再也无处可躲了。怎么办？鲁滨逊的脑子飞快地转动着。

突然，盛满热水的铁皮桶映入他的眼帘，他顿时计上心头。他刚伸手抓住水桶，豹形海豹就凶猛地扑了过来，他连忙使出吃奶的力气，把水桶里的热水泼向豹形海豹。

哗——

热水并没有命中豹形海豹，而是泼到了冰面上。

意想不到的事情发生了。

扑哧！

噼里啪啦！

无数冰片像炸药一般在空中爆炸开来，纷纷散落在冰面上。豹形海豹被这突如其来的爆炸吓了一大跳，急忙钻进冰洞，转眼就不见了踪影。

这……这到底是怎么回事？

鲁滨逊愣愣地望着眼前发生的一切。水桶里明明是水，怎么突然变成炸弹了呢？无论如何，危险已经解除了，他长长地舒了口气，一屁股坐在寒冷的冰面上。

这时，巴比塔慌慌张张地从远处跑了过来。

你知道吗？

北极是没有企鹅的。那么企鹅只存在于南极吗？不，除了南极之外，南非、南美、澳大利亚南部、新西兰等地都能看到企鹅的踪影，甚至在赤道附近的加拉帕戈斯群岛上也栖息着企鹅。迄今发现的企鹅种类有十七八种，生活在南极的有帝企鹅、阿德利企鹅、马克罗尼企鹅等7种。

豹形海豹是海豹的一种，身长约3米，体重约400千克，是一种极其可怕的动物。它露出尖利的犬齿向前爬行的模样，能让人联想到侏罗纪时代的恐龙。其他种类的海豹见人就会躲避，但豹形海豹却不同，它会向人发起攻击。豹形海豹食性凶残，什么食物都吃，企鹅、小鱼，甚至连豹形海豹的幼崽有时也会成为它的食物。

冰的真相

冰是我们日常生活中常见的东西。炎热的夏季，我们经常会从冰箱的冷冻室里拿出冰棍来吃。但真正了解冰的人恐怕不多。对于透明的冰里所隐藏的科学，你知道多少呢？让我们通过一些司空见惯的现象来了解冰的真相吧！

冰到底是什么？

“冰是什么？那还不简单，就是冻住的水呗！”对于这个问题，鲁滨逊的女朋友末淑一定会这样回答。但作为“男孩的科学冒险书系列”的读者，你应该能给出更为准确的答案：冰就是固体状态的水（H_2O）。

物质的形态分为固态、液态、气态三种。当物质吸收或释放热量后，分子间的结合力发生变化，原先的形态就会改变，这叫作物质的状态变化。在不同温度下，水以冰（固体）、水（液体）、水蒸气（气体）三种形态存在，但其质量和固有性质并未发生改变。液体状态下的水释放热量后，就会变成固态，那就是冰。

某种物质凝固、熔化、汽化的临界温度点分别叫作该物质的凝固点、熔点和沸点。在一定的压强下，同一晶体的固态和液态的临界点是同一个温度，所以同一种晶体的凝固点和熔点是相同的。标准气压(1个大气压)下，水的凝固点和熔点是0℃，沸点是100℃。不同物质状态发生变化的临界温度各不相同，这也是表征物质特性的重要标志。

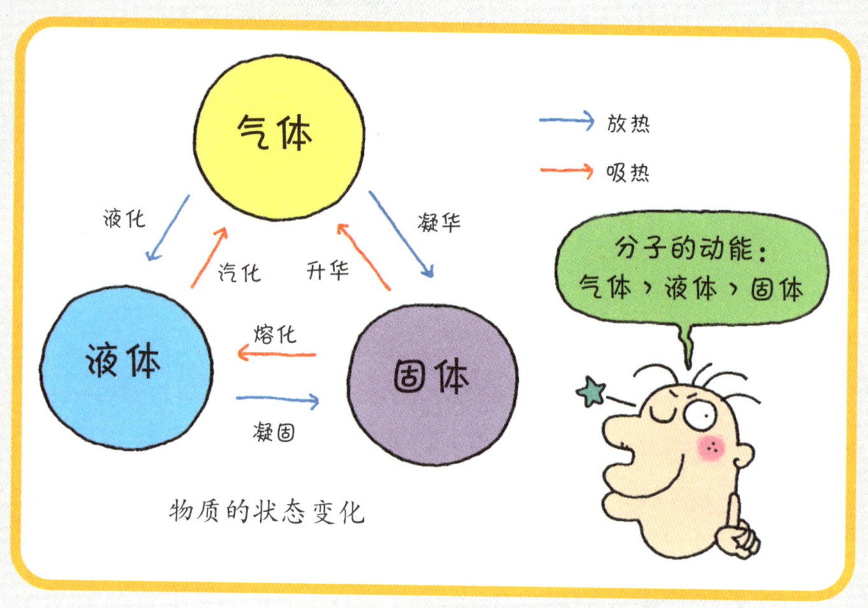

物质的状态变化

冰的温度都是0℃吗？

水的凝固点是0℃，但这并不表示冰的温度永远都是0℃。如果周围环境的温度低，冰的温度就会降到0℃以下。刚从冰箱冷冻室里拿出的冰块温度约为-15℃。

水结冰以后，温度会越来越低吗？不会。如果水在0℃时开始结冰，那么无论天气有多冷，在完全结冰之前，温度都不

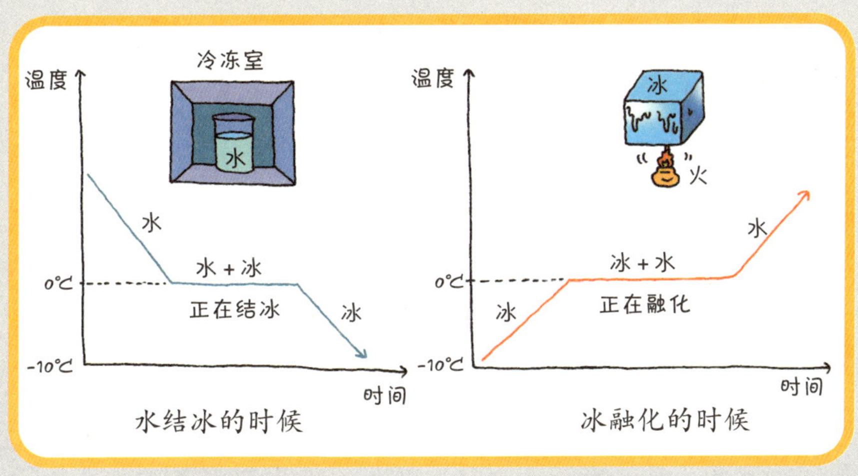

水结冰的时候　　冰融化的时候

会继续降低。反之，如果冰在0℃时开始融化，那么不管周围的环境有多热，冰完全融化之前，温度都不会升高。等到水完全结成了冰，或者冰完全融化为水之后，温度才开始下降或上升。

为什么在持续冷却或加热的过程中，冰的温度能保持0℃呢？那是因为在结冰或融化的过程中，热量并不是用来改变温度，而是用来改变分子的结合状态的，也就是说，热量只用于物质的状态变化。

冰在融化的过程中不断吸热，但热能只用于加快固态部分的分子运动（热能转化为分子的动能），所以在整块冰全部融化为液态之前，它的温度是维持不变的。

反之，水在结冰的过程中不断释放出热量，但呈液态的那部分分子的运动在减缓，仍会释放出热量（分子的动能转换为热能），只有当水完全结成冰，不再产生新的热量时，温度才会继续降低。

物质状态发生变化时，能在温度不变的前提下吸收或释放热量，这种事实上存在却无法用温度计测出的热量叫“潜热”。

冰是因纽特人的“锅炉”

冰融化、水蒸发是一种吸热反应，周围环境中的热量被吸收后，温度会相应地降低。而水结冰的过程则恰恰相反，它是一种放热反应，周围环境吸收了热量，温度就会上升。

将液体汽化，使周围温度降低的代表性设备就是我们平时常用的冰箱；而将水蒸气液化，从而提高周围温度的代表性设备则是锅炉。

除此之外，我们身边还有许多利用了这种原理的事例。

在闷热的房间里放上一些冰块，冰在融化过程中吸收了空气中的热量，房间就会变得凉快起来。盛夏季节，在滚烫的院子里洒上一些水，水在汽化（蒸发）的同时吸收了周围的热量，气温就会降低。

到医院打针的时候，医生在我们的胳膊上擦上一点酒精，我们就会感觉皮肤凉凉的，那是因为酒精迅速蒸发，带走了皮肤的一部分热量。

包装冰激凌的时候，在袋子里放上一包干冰，干冰升华会导致周围的温度降低，可以有效地防止冰激凌融化。

北极的因纽特人每天都往雪屋内的冰壁上喷水，使之凝结。可北极的天气已经够冷了，为什么还要这么做呢？

其实，这不是冷气，而是暖气。水结冰时释放出来的热量会使室内变得暖和起来。寒冷的冬季，农夫们往蔬菜、水果上洒水的原因其实也是一样：水结冰时释放的热量能够防止蔬菜和水果冻伤。

同样的原理，当湖水结冰的时候，位于湖边的村庄会比其他地方暖和些。

冷冻室里的可乐瓶为什么会破裂

水结冰后，体积会比液态时增大一些。大部分物质一旦结冰体积就会缩小，水却正好相反。放在冰箱冷冻室里的可乐瓶会破裂也是因为这个原因。瓶身降温后会收缩，但瓶子里的可乐结冰时却会膨胀，导致瓶子破裂。

值得注意的是，这种“热缩冷胀”现象并不是从0℃开始的，而是从水结冰前的4℃时就开始了。

在4℃以上，水和其他物质一样，热胀冷缩，但一旦温度降低到4℃，情况就会改变。

让我们来做个实验吧。

往杯子里倒入一些温水，在杯壁上标出水的高度，然后让水的温度不断降低。当温度处于4℃以上时，水的体积会随着温度的降低而减小，我们可以看到水位降低到标记以下，但温度低于4℃后，水位会开始上升。结冰后，冰的高度会在最初的标记以上。原本100毫升的水，完全结冰后体积会变成109毫升，比液体状态下增大了9%。

物质的体积变化时，密度也相应地发生改变。体积增大，

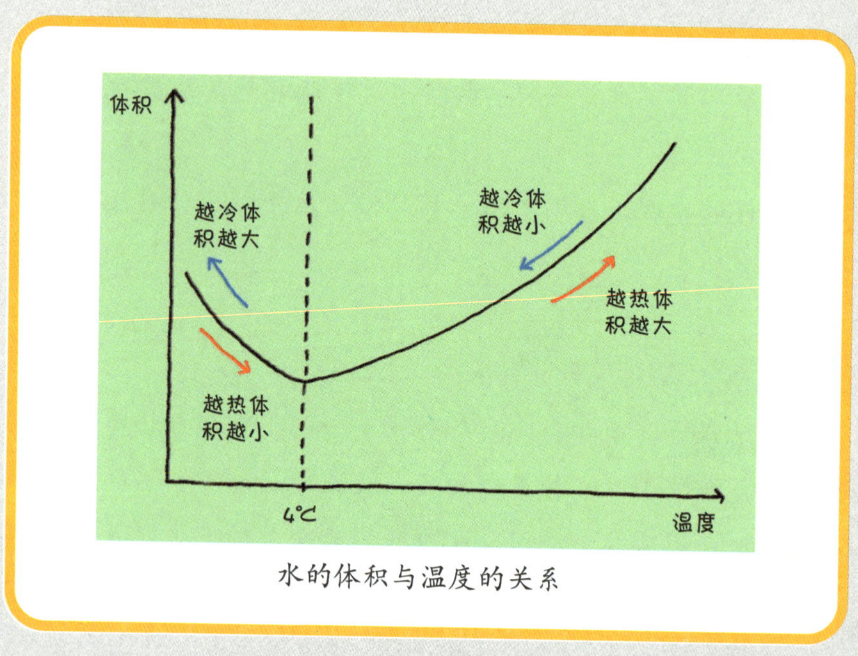

水的体积与温度的关系

密度就减小；体积缩小，密度就增大。水是一种独特的物质，在4℃时体积最小，密度最大，4℃以上或以下时，体积都会增大，而密度变小。

冰是大力士

水结成冰的时候，绝不是仅能撑破一个可乐瓶。在寒冷的冬天，我们经常可以看到厚厚的水缸、粗大的自来水管由于水结冰而破裂。即便是用坚硬的钢铁制成的水缸，如果里面装满水并结成了厚厚的冰块，一样也会碎裂。

那么冰的力量到底有多大呢？说出来恐怕会吓你一大跳。我们平时生活在平地上，气压为 1 个大气压，当水结冰的时候，

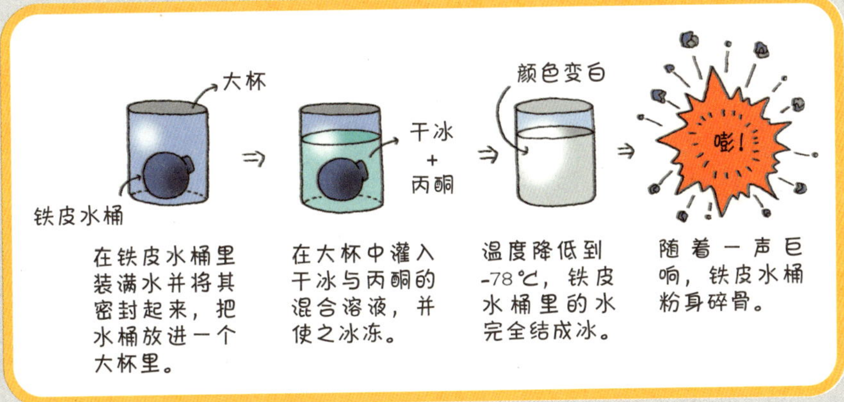

随着体积变化，能够产生约1700个大气压的巨大压强。

打个比方，这就相当于重达170吨的大铁块压在你的拇指指甲上，是世界上最深的海沟——马里亚纳海沟的水压（1100个大气压）的1.5倍。

同样，冰的支撑力也很惊人。5厘米厚的冰层可以承受一个成人的体重，冰层厚度达到15厘米时，就能建成一个溜冰场，供几百个人在上面尽情玩乐。20厘米厚时，可以任由1吨重的拖拉机在上面一天到晚地行驶，30厘米厚的冰则能够支撑7吨重物。厚度只增加了10厘米，承重力却足足多了6吨！

江河湖泊为什么从上层开始结冰?

密度大的水比密度小的水重。热水冷却的过程中，密度逐渐增大，在4℃时达到最大。温度降到4℃以下时，密度开始减小。当不同密度的水掺杂在一起时，密度大的水便沉到底部，密度小的水则浮在上面。

假设有一个湖，水温为10℃。随着天气变冷，最先和冷空气接触的上层水先变成9℃，9℃的水比10℃的水重，于是沉到底层。

原本10℃的底层水向上流动后变冷，直到整个湖的水全部变成9℃。然后，变成8℃的上层水下沉……这个过程不断反复，湖水的温度不断下降。

那么当全部湖水达到4℃时，会出现什么情况呢？上层湖水变成3℃后会下沉吗？不会。从4℃开始，温度越低，水的密度越小，所以上层的湖水不再下沉，继续留在上层。当温度降到0℃时，湖水开始慢慢结冰。所以，江河湖泊里的水都是从上层开始结冰的。

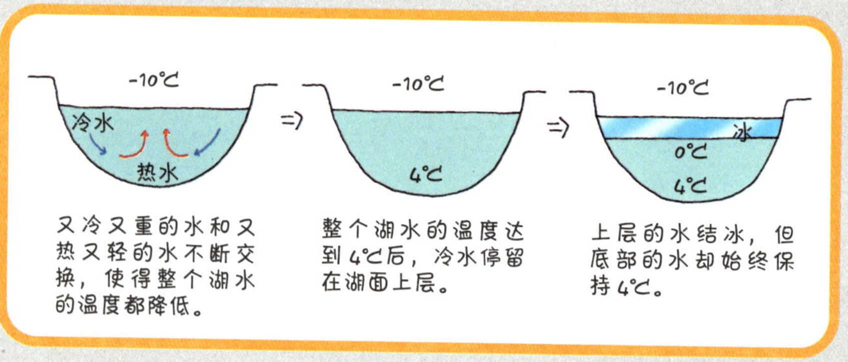

湖面的冰起到了很好的隔热作用，它能够阻断外界的冷空气，使下层水保持一定的温度。天气越冷，冰层越厚，隔热效果越好。即便在最寒冷的季节，湖底的水温也能始终保持在4℃。

另外，在冬天，像洞庭湖那样又大又深的湖泊不容易结冰，是因为上层的水要想结冰，必须等到整个湖的水温都降到4℃，而这需要相当长的时间，往往还没等到那个时候，冬天就已经过完了。

假如水温降到4℃以下，水的密度仍然继续增大，那会出现什么情形呢?

如果是那样的话，因为冰比水重，上层的冰不断下沉，在湖底层层堆积，直至充满整个湖，那么湖里的动植物全会冻死。地球的生态界之所以没有发生这样可怕的事情，应当归功于水所施展的“4℃魔法”。

“冰山一角”指的是整体的百分之几?

冰山露出水面的部分小，而淹没在水中的部分则要大得多。所以我们用“冰山一角”来形容庞大的事物只显露出它的一小部分。那么，冰山一角到底指的是整体的百分之几呢?

物质的相对密度是以水的密度为基准来计算的。水的密度是1，相同体积下，某种物质的质量和水的质量之比，就是该物质的相对密度。

1立方米水的重量为1吨，1立方米铁的重量为7.8吨，所以铁的相对密度就是7.8。相对密度大于1的物质在水中会下沉，相对密度小于1的物质会浮在水面上，一部分体积会露出水面。例如，将相对密度为0.3的物体放到水里，那么该物体30%的体积浸没在水中，70%的体积露出水面。

冰的相对密度约为0.92，即有92%的体积浸在水中，只有8%露出水面。因此，我们所看到的冰山，即“冰山一角”

冰山的一角

不过是整个冰山的8%。

漂浮在杯子里的冰块也一样，92%浸没在水中，8%露出水面。

为什么在冰上容易滑倒？

虽然冰的支撑力很大，但它的形态却很容易发生变化。只要稍加压力，受力的部分就会马上融化成水。我们在溜冰场溜冰的时候会摔倒，就是因为我们的体重产生的压力使冰鞋下的冰融化成水，而水起到了润滑的作用。

之所以出现这种现象，是因为随着压力的变化，水的沸点和凝固点也发生了改变。

平地（1个大气压）上，水在100℃时沸腾，0℃时结冰，

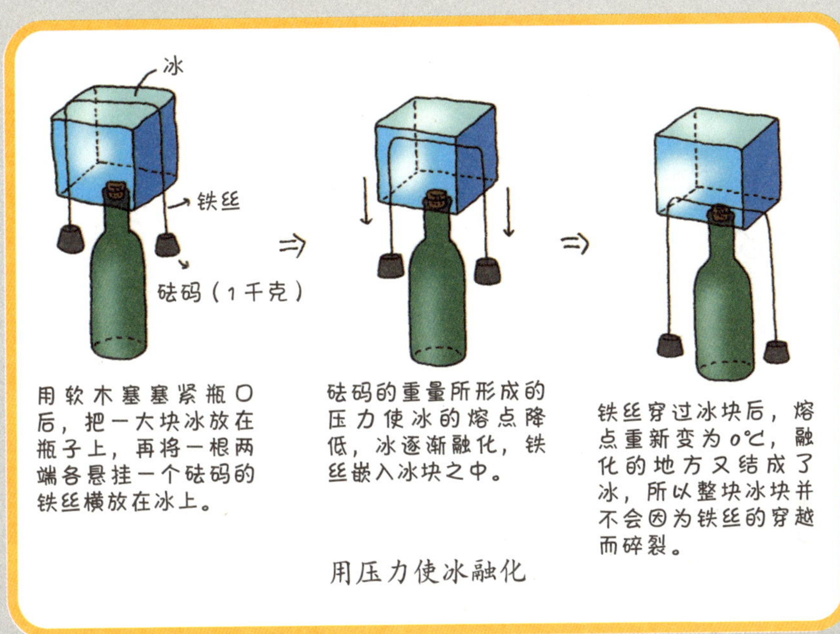

用压力使冰融化

但在气压较低的山顶上，温度还没升到100℃水就会沸腾，还未降到0℃就会结冰。反之，在气压较高的地方，超过100℃才会沸腾，0℃以下才会结冰。

因人的体重而产生的压力，与气压升高时的原理和效果一样，可以使水的凝固点降低。

受到压力的水在0℃以下才会结冰，反过来，受到压力的冰在0℃时也不再能维持冰的状态，所以冰鞋底下的冰会不断融化。但冰鞋一旦离开，压力就消失了，凝固点重新恢复为0℃，这个地方马上又会结成冰。

漂流的探险队

“唉，今天才抓了 27 只海狗。”鲁滨逊嘴上这么说，语气却是扬扬得意的。巴比塔垂头丧气，一声不吭地走在他身边。以前他俩一起出来打猎的时候，他总是趾高气扬，不停地取笑鲁滨逊。但是最近情况发生了一百八十度大转弯。

“我们慢吞吞的巴比塔大厨也不错，抓了 13 只！”

巴比塔皱着眉头，正想说点什么，鲁滨逊紧接着又说了一句：“对不起啊，黑炭大叔，都怪我抓得太多，把你给比下去了。”

巴比塔顿时气得浑身发抖。

“哎哟，我可真傻，怎么忘了脑子不好使的人打猎本领肯定也差。”鲁滨逊故意火上浇油。

啊，真是越来越过分了！巴比塔把牙齿咬得咯咯直响。

见此情景，鲁滨逊赶紧撒腿跑得远远的。

在南极，海狗是一种珍贵的资源，可以同时供给人们粮食和燃料。特别是海狗脂肪含量丰富，从中提取的油脂对于要在南极度过漫漫严冬的坚忍号队员们来说，简直比黄金还要宝贵。

幸好在冰层上享受日光浴的海狗遍地都是，很容易捕捉。

除了海狗之外，鲸也能给人们提供丰富的肉和油。冰原四周的南极海上，经常可以看到鲸的身影。长须鲸、黑鲸、身长超过30米的蓝鲸，都会时不时地在水面上探出脑袋。有时还能看到虎鲸用尖尖的鼻子扒开冰面露出头来，转瞬又消失了。

坚忍号队员们成天忙着打猎，收集粮食和燃料。鲁滨逊的打猎技术越来越高超，而巴比塔的脸色也越来越难看，最后他哀求沙克尔顿重新分组，把他和鲁滨逊分开。

3月就这样过去了。

进入4月后，日照明显减少，即便好不容易见到太阳，高度也很低，几乎贴在水平面上。海狗和企鹅随着太阳向北方迁移，大家的猎物也就随之减少了。

队员们无所事事，日子变得漫长而沉闷起来。巨大的冰层拖着坚忍号，以极其缓慢的速度在海上漂移着。

5月1日，沙克尔顿把队员们召集到坚忍号的主控室里。

“大家都很清楚，现在我们正随着海流和冰层一起在海上漂流。谁也不知道还要漂流多久，最重要的是……”他停顿了一下，脸上的表情更加严肃了，“最重要的是冬天马上就要到来，太阳会从我们眼前消失。我希望大家不要气馁，坚定决心，继续顽强地坚持下去。诸位都是光荣的坚忍号队员！明白我的意思吗？”

“明白！”

这次连鲁滨逊也没有喊出“不”来。因为他的身份早已不再是偷渡者，而是负责坚忍号船员一日三餐的光荣的厨房助手了。

几天后，太阳最后一次在海平面上露了一下脸，随即就慢慢地从人们的视线里消失了。南极的漫漫长夜终于到来了。

最初的几天还有些微弱的光芒，能够让人勉强分辨事物的轮廓，但很快这点微光也完全消失了。一切都笼罩在黑暗中，人们只感觉到南极的寒风像锋利的刀子般刮在身上。

世界上没有哪种寂寞，可以与极地的夜晚相比。在一片漆黑之中度过整整几个月的时光是件多么痛苦的事情，没有经历过的人是永远无法体会的。1898 年在南极过冬的“比利时号”的一些队员就曾因极度绝望与恐惧而发疯或郁郁而终。

但是坚忍号的队员没有一个灰心丧气、萎靡不振。在黑暗之中，他们反而更加活泼乐观了。他们的秘诀就是一定能够战胜南极的坚定信念和对彼此的真诚信任。再猛烈的寒风，都无法摧毁他们在 6 个月的航海生活中结下的深厚友谊。

到了 6 月份，气温已经低于 -30℃了。从甲板上放眼望去，南极海的景色美得令人惊叹。晴朗的日子里，满天都是晶莹璀璨的星星，在朦胧月光的照耀下，冰层就像一块巨大的水晶，闪烁着神秘的光芒。不知不觉，冬天过去了一半。

呼——呼——伴随着时速高达 100 千米的凛冽寒风，大雪像沙漠中的沙尘暴一般，铺天盖地向人们袭来。温度计指向 -50℃。坚忍号遭遇了南极的暴风雪。

沙克尔顿告诫队员们千万不要越过离船两米远的狗窝。为了防止被狂风卷走，给狗喂食的队员不得不趴在冰面上爬过去。刚离开船舱一分钟，人的眼睛、嘴巴就填满了雪，令人窒息。

这场暴风雪整整持续了3天。甲板上积了厚厚一层雪，因为积雪过于沉重，船身下沉了30厘米。甲板被沉甸甸的雪压着，不时发出不祥的吱呀声，仿佛在预示着什么。6月过去，进入了7月。

“啊！太阳出来了！”

“太阳出来了！太阳终于出来了！快来看呀！”吃完午饭来到甲板上休息的几个队员不约而同地高声欢呼起来。其他人也争先恐后地跑到甲板上。只见远处的海平面上，红红的太阳隐隐约约地露出了笑脸。

今天是7月26日，太阳消失了整整80天。

队员们欢呼雀跃，又是握手，又是拥抱。虽然太阳只是短暂地露了一下脸，却为他们送来了一丝暖意和新的希望。鲁滨逊也兴奋地又蹦又跳，还破天荒地和巴比塔拥抱起来。

最后时刻来临

嘶——

嘶嘶——

一种奇怪的声音从四面八方传来，像是把冰块丢进可乐杯时发出的声音。正在狗窝附近一边晒日光浴一边打盹的鲁滨逊猛地睁开眼睛，他感觉到脚下的冰面在剧烈地摇晃，像是地震一般。紧接着，一种像要把整个大地撕碎似的巨响震彻南极的天空。

哐哐——咣当！

“啊！”鲁滨逊惊叫着摔倒在冰面上。爬起来定神一看，他像是被末淑用棍子狠狠敲了一记后脑勺似的，眼睛立刻瞪了起来。

“嗬！”

奇怪的事情发生了。刚才还卡在冰层中间动弹不得的坚忍号，此刻竟然漂浮在了水上。6个月来一直牢牢粘住船身的冰层，居然裂成了两半。从束缚中解脱出来的坚忍号向一侧猛烈地倾斜了一下，队员们猝不及防，全都跌倒在地。

“快上船！把狗也牵上来！”沙克尔顿急促地下着命令。

原本在冰面上休息的队员们带着雪橇犬，迅速跑向船身两侧的舷门。巴比塔先把鲁滨逊推上船，自己才爬了上去。几乎与此同时，他们刚才所在的冰层裂成了四五块，掀起巨大的波浪。这真是万分危急的时刻，如果动作稍慢，大家就全掉进海里去了。

裂开的冰层瞬间就裂成了几十、几百片，紧接着，无数碎冰片向坚忍号发起了猛烈的攻击。四五块足有房子那么大的浮冰从前后左右一起撞向船身，周围漂浮着的无数浮冰似乎也在伺机而动。

哐！哐哐！哗啦！浮冰连续不断地发动进攻，队员们站立不稳，但跌倒后又马上爬起来，想尽办法抵御浮冰的进攻。

太阳下山后，由于气温下降，浮冰重新冻结在一起，海面上恢复了宁静，大家这才松了口气。但每个人心里都明白，平静只是暂时的。整个晚上，大家都保持着沉默，谁也没有说话。

3 天过去了。

队员们每天都在想方设法抵抗浮冰的攻击，个个累得精疲力竭。他们无路可逃、无处可躲，所能做的只是被动的防御。

这几天，日照时间长了一点，白天变成了 3 个小时，还有 7、8 个小时有依稀可辨的微光，但这并没有给人们带来希望。

坚忍号依然随着海上的浮冰，不停地漂流着。继上次的暴风之后，南风刮得更猛烈了，船已经向南移动了近 250 千米。惠瑟尔湾离他们越来越远，但队员们早已无暇顾及，因为对他们来说，现在最重要的不是探险，而是生存。

进入 8 月，气温回升到 -5℃左右，这是冬天即将过去的信号。

沉没

9月中旬，南极的春天终于临近了。现在每天有10小时的日照。水中的浮游生物明显增多，这预示着春天马上就要来了。但坚忍号还没有摆脱困境，依然在饱受浮冰的蹂躏。

9月末的一天，一块巨大的浮冰重重地撞上了船头，木船顿时像游乐场里的海盗船一般直立起来，船舱顶部的厚重木材扭曲得像拐杖的把手一样。

每当浮冰撞上木船的时候，队员们就会被横七竖八地掀翻在地。他们所能做的，就是等船稍微稳定下来之后再爬起来，草草整理四散在甲板上的物品，安抚一下滚作一团、汪汪直叫的雪橇犬，而后怀着忐忑不安的心情，等待着浮冰的再次来袭。

10月24日，一块足有摩天大厦那么高的浮冰从右侧狠狠地撞向坚忍号，它的冲击力如此强大，以至于从船头到船尾，几乎每个部位都受到了猛烈的撞击。还没等人们喘过气来，紧接着又有一块带尖角的浮冰刺向船的左侧。在两座浮冰的夹击下，坚忍号就像夹在三明治中间的煎蛋一样，陷入了绝望的境地。

咯吱——咯吱——坚忍号发出痛苦的呻吟，钉在船上的木材纷纷碎裂，海水哗哗地灌进船舱。

“啊，船漏水了！”有人惊慌地呼喊着，跑到甲板上。三四名队员立即拿起抽水泵开始抽水，但漏水的地方不止一处，而且水势太猛，几乎无从下手。

“船头进水了！”

“引擎室被淹了！”

“快！”

叫喊声此起彼伏，队员们惊慌失措地四处奔跑，想办法堵水、排水。船里的抽水泵全部被动用了，毯子、被子也被撕成一条条用来堵漏，还有的船员拿着锯子、铁镐朝船舷跑，试图铲去不断涌进来的冰。

然而，从四面八方汹涌而来的冰块已经把整条船撞得千疮百孔。坚忍号剧烈地左右摇晃着，上下颠簸着，仿佛一只临终的野兽，在海上痛苦地挣扎。

10 月 26 日，浮冰群的攻击暂时告一段落。沙克尔顿命令队员们将船上所有的物品都搬到旁边的一块大浮冰上。这是在为弃船做准备。在这块 100 多平方米的平坦的浮冰上，队员们可以暂时扎营。

那天傍晚，15 只企鹅摇摇摆摆地向坚忍号走来。走到近处时，它们停了下来，先默默地望了一会儿船，然后突然一起抬起头来，发出尖锐的哀号声。

这声音又怪异又刺耳，仿佛是从地狱里传来的。别说第一次来到南极的新队员，连南极探险老手沙克尔顿也从来没有听到过这样不祥的叫声。

“听到企鹅的叫声了吗？”巴比塔失魂落魄地问鲁滨逊。

“嗯。”

“那是南极的诅咒。”

“……”

“这下我们都回不了家了。”

这个乌鸦嘴！鲁滨逊瞪了他一眼，又偷偷瞟了一下沙克尔顿，期待着他能厉声呵斥巴比塔一番。

然而，沙克尔顿紧闭着嘴唇，避开了鲁滨逊的目光。

子夜时分，残酷的战斗又开始了。整个晚上，大家强撑着又酸又痛的眼睛，像上了发条的机器人一样，机械地往外抽水、铲冰。

然后是清晨……中午……下午。

下午4点，船身一阵猛烈的抽搐，紧接着前端的甲板裂开了。船尾向上翘起6、7米高，又重重地摔了下去。由于漏进船里的水几乎都已结成冰，船头向下倾斜时，细小的冰块全都滚向船的前半部分，重重地压在船头，船的前半部分已经完全浸没在水中。

沙克尔顿知道，弃船的时刻终于来了。他仰望了一下天空，然后慢慢地走到暂时还没有沉没的船尾，用沉静的语调对聚集在那里的队员们说："大家辛苦了，现在我们下船吧。"

这一天是1915年10月27日，弃船的地点是南纬69° 5′，西经51° 30′，坚忍号距离最近的海洋基地还有2000千米。

你知道吗？

在逐渐适应环境的过程中，企鹅的翅膀慢慢退化，变成了鱼鳍一般，所以它们不能飞翔，但却是游泳健将。它们的体型是最适宜游泳的流线型，而且因为骨头坚硬、身体平稳，它们不是轻飘飘地浮在水面上，而能够像鱼儿一样自由地在水中游弋。企鹅的游泳速度可达每小时30千米，比人快4倍，有时它们还会表演"海豚泳"——蹿出水面，呼吸一口空气，然后又一头扎入水中。

南极的帝企鹅由妈妈生蛋，爸爸用两个月的时间来孵蛋。孵蛋期间，帝企鹅爸爸不吃也不喝，体重会减轻将近一半。而帝企鹅妈妈则尽情地吃、安心地睡，把自己养得胖胖的。帝企鹅宝宝出生后，妈妈开始精心地照顾它，瘦骨嶙峋的爸爸这才拖着疲惫的身体出去觅食。

沙克尔顿的悲伤

经过这番艰苦的搏斗，队员们早已筋疲力尽，他们东倒西歪地躺在冰上睡着了。虽然支起了帐篷来防风，但身体底下却没有一点铺垫的东西，大家只好紧紧抱作一团，用体温来互相取暖。

鲁滨逊抱着巴比塔躺在地上，翻来覆去睡不着，正发愁自己今后该怎么办。清晨时分，他爬了起来。寒冷的天气使人的神经变得高度敏锐，虽然没怎么喝水，他却有了尿意。

“唉，真讨厌！”他嘟囔着走出帐篷，隐约看到有个人背对着他站在那里，背影在夜色中显得那样寂寞而苍凉。

迎着寒风独自伫立在黑暗中的正是沙克尔顿。身为队长，没能保住坚忍号、照顾好队员们，他的内心充满了自责、愧疚与痛苦。

唉，他怎么能不痛苦呢？就连我一个厨房里打下手的，心里也觉得很难过，更何况身为队长的他呢……鲁滨逊心里一酸，轻手轻脚地走到沙克尔顿身边，故作轻松地说：“队长！不睡觉在这里干什么呢？是不是准备早上睡个懒觉啊？”

这小家伙！沙克尔顿握起拳头，做了个打人的手势，脸上却露出了微笑。鲁滨逊虽然是莫名其妙加入到自己的探险队伍中的，但看到他为挽救坚忍号和队员们一起奋战了好几天，沙克尔顿心里也很感动。过去的几天里，鲁滨逊两手各拿一个厨房里最大的锅，不停地把涌进船舱的海水往外舀。

“振作点吧！船没了是有点可惜，以后赚钱再买就是了。”

沙克尔顿抬起头，仰望着漆黑的天空，干咳了两声，平静地开了口：“我不是心疼船。”

“那么……”

“我伤心的是我的梦想破灭了。”

“……”

“13 年前，我和斯科特的探险队一起来到南极，虽然当时没能征服南极点，但创下了南极探险的最高纪录——南纬 82° 15′。”

“哦。”

“6 年前，我带领探险队再次来到南极，当时距离南极点仅有 150 千米，眼看目标近在咫尺，却不得不撤退。”

“唉，真可惜。”

“但我还是没有放弃理想，准备第三次挑战南极点。可是……看来神就是不想让我成为南极点第一人啊，4 年前的 1911 年，阿蒙森首先到达南极点，1 个月后，斯科特也把国旗插在了南极点上。”

沙克尔顿说着，重新把目光投向空中。他真是一个不走运的探险家，唾手可得的荣誉，屡次被竞争对手夺走。鲁滨逊也深切体会到了他的挫折感和悲哀。

“从那时起，我的生活里就只剩下了一个目标：我要进行阿蒙森和斯科特想都没想过的大冒险——横跨南极大陆。可是，这次我非但没有成功，连船都没了……”

鲁滨逊心里沉甸甸的，像压了一块巨石。可怜的人啊……但现在重要的不是安慰，而是给予他鼓励与支持。虽然船已经沉没了，但他还是探险队的队长，队员们的命运都掌握在他的手中。

“队长！打起精神来，现在不是说这些的时候，您得把队员们带到安全的地方去，牢骚就留到以后再发吧！”

沙克尔顿的眉毛顿时拧作一团。这个不知天高地厚的小毛孩，胆敢给他忠告，这不免伤害了他的自尊心。

如果鲁滨逊就此打住也就算了，可他不懂得察言观色，偏偏还要火上浇油：“队长就该有队长的样子嘛，现在都什么时候了。”

啊呀，实在叫人忍无可忍！沙克尔顿把牙齿咬得咯咯直响，发出雷霆般的吼叫：“你能不能闭嘴？！”

哎哟！鲁滨逊吓了一大跳，不由后退了好几步。他这一吓可不要紧，只觉得自己浑身都没了力气，裤裆马上就湿了。唉，早知如此，应该先去撒尿才对……

“谁说我没在想办法脱离危险？你不说我也知道！你懂什么，在这里指手画脚。既然你那么聪明，你来当队长好了。瞧你那副德行，豁嘴的家伙！”

呜呜呜，连沙克尔顿队长都这样奚落我……鲁滨逊只觉得浑身热血直往上涌。

表针又开始走动了

凌晨时分，鲁滨逊回到原来的地方躺下。天亮后还要赶路，即使再没有睡意也得强迫自己睡一会儿。

沙克尔顿的计划是带领队员们到500千米开外的保利岛上去。这个小岛位于威德尔海西部，以前的瑞士探险队在那里留下了一个小小的窝棚基地。

要在这么寒冷的天气里长途跋涉，想想就让人气馁，但没有办法，离这儿最近的基地就是那里。沙克尔顿计划先乘坐坚忍号上的备用小艇，在附近的海岸登陆，然后沿着南极半岛的海岸线，向保利岛行进。

“奇怪，阿蒙森是怎么到达南极点的呢？沙克尔顿付出了这么多的努力，可两次挑战都失败了，阿蒙森的运气还真是不错。唉，时间机器既然把我带回了过去，为什么不干脆把我带到阿蒙森的探险队去呢？我要是能和他在一起，就不用受这样的苦了。”

鲁滨逊一边胡思乱想，一边强迫自己睡觉。因为极度寒冷，他觉得身上的每根骨头都在刺痛。不过这几天他确实累坏了，睡意渐渐袭来。过了一会儿，他的嘴里又开始不断地流口水了。

就在这时，不知从什么地方突然传来一种奇怪的声音。

滋滋……

滋滋滋……

这正是几个月前他在拉帕努伊岛的海岸上听到过的挂表走动的声音。

你知道吗？

天气冷的时候，人体为了将体温维持在一定的温度，会做出一些本能的反应，其中最具代表性的就是肌肉颤抖。天冷就想小便的道理也是一样，体内的水分多，就不容易维持体温，所以要尽可能把多余的水分排出去。我们的身体具有维持一定状态的性质，这就叫作“恒常性”。

由于南极非常寒冷，所以物质轻易不会变质。动物的尸体大多不会腐烂，而是被风吹干后成为干尸。食物也是一样，据说，1955 年一个名叫莱亨的探险家来到南极，发现了 50 年前的探险队留下的面包，就津津有味地吃了起来。沙克尔顿计划把队员带到瑞士探险队留下的基地去，也是因为考虑到那里或许有残留下来的食物。

沙克尔顿的南极探险史

沙克尔顿南极探险的开端

1901 年 8 月，英国海军军官斯科特率领探险队前往南极，其中一名队员正是出生于爱尔兰的探险家沙克尔顿。他的南极探险之路就此开始。但是，这次探险并没能征服南极点。

第一次挑战失败后，沙克尔顿于 1907 年作为队长，率领“猎人号”再次向南极发起了挑战。探险队于次年 1 月到达南极大陆，2 月在之前斯科特探险队曾经停靠过的罗斯冰架附近登陆，建立了基地过冬。在此期间，沙克尔顿带领队员征服了基地附近的埃里伯斯火山。

1908 年 10 月，沙克尔顿率领 3 名部下向南极点进发。他们轻松地突破了斯科特创下的纪录——南纬 82° 17′。但 1909 年 1 月，来到了南纬 88° 23′ 附近的沙克尔顿不得不掉转方向往回走。粮食不足、队员健康状况恶化、-50° 的严寒、50 米 / 秒的风速……各种不利条件都在危及队员们的生命。沙克尔顿含着热泪踏上归途的地方，其实距离南极点不过 150 千米。

坚忍号出发

接下来的两年时间里，另外两位当时非常著名的南极探险家阿蒙森和斯科特分别夺走了挑战南极点的冠军和亚军，因此沙克尔顿开始准备谁也想象不到的大冒险，那就是沿着威德尔海－南极点－罗斯海的长达3000千米的路线穿越南极大陆。威德尔海是一片极其危险的海域，海面上漂浮着大片大片的冰山。航行通过威德尔海，再登陆跨越南极大陆，简直就是不可能实现的挑战。

沙克尔顿成功说服了英国政府，获得了探险所需的资金，之后便在报纸上刊登了一份招聘队员的广告。顿时，报名者纷至沓来，人数多达5000个。他们都是怀抱着一腔单纯的探险热情，希望追随沙克尔顿去南极探险的，其中还包括3名女性。沙克尔顿挨个儿进行面试，精挑细选出了26人，加上他自己和副队长瓦日德，共28人。

在这支探险队中，瓦日德是1909年跟随沙克尔顿一起前进到南纬88°23′的3名部下中的一员，大副则曾经和沙克尔顿一道参加过斯科特的第一次南极探险。而除了像瓦日德、大副这样的航海专家，探险队中还有海洋学家、气象学家、物理学家、生物学家等科学界人士，以及摄影师、木匠、画家、医生等各行各业的人。

探险队乘坐的探险船原名是“北极星号”，沙克尔顿将其改名为“坚忍号”，因为他的家族代代相传的座右铭就是“我们用坚忍征服一切”。坚忍号长44米，宽7.5米，底部以厚达2米的橡树木材作为支撑，两侧也钉上了50～60厘米厚的挪威枞木。为了增强抵抗浮冰撞击的能力，整艘船上都铺上了热带地区的坚硬木材。坚忍号上还装有火力驱动的蒸汽引擎，功率达350马力，时速可达20千米。1马力就是一匹强壮的马在1分钟内所使用的力量。这意味着坚忍号具有350匹马的力量。在当时，这可是非常了不起的功率。

1914年10月，坚忍号从阿根廷首都布宜诺斯艾利斯出发，11月初抵达南美大陆最南端的无人岛南乔治亚岛。在那里，捕鲸基地的船员告诉坚忍号队员们一个坏消息：威德尔海上的浮冰从来没有像现在这么凶险过。但沙克尔顿并没有因此退缩，而是决定继续前行。但不幸的是，探险船最终被浮冰群困住，之后，探险队不得不决定弃船。

只要读一读沙克尔顿留下的日记，就能知道他当时的心情有多么痛苦。1915年10月，在下达弃船命令前，他写下了这样的文字："我此刻的心情无法用文字来形容……对于一个船员来说，船就是海上的家，不，船的意义远远不止如此……而此刻，坚忍号满身伤痕，正在慢慢地耗尽生命。"

弃船之后的不懈努力

弃船之后，探险队本想前往保利岛，但却以失败告终，因为冰原崎岖不平，危机四伏，很不利于行走。最后，他们只得在冰原上安顿下来，以企鹅和海狗肉充饥。他们建立了营帐，命名为"海洋基地"，并在这里度过了从1915年10月末到12月末的2个月时间。

1915年12月23日，队员们离开了海洋基地，再度启程。但这次行动依然宣告失败。于是，他们在一块巨大的浮冰上建起了新的营帐，并命名为“忍耐基地”。次年3月，粮食和燃料几乎见底，队员们忍饥挨冻，在极度痛苦中挨过了一天又一天，随着浮冰继续漫无目的地在海上漂流。

载着队员们漂流的浮冰受到波浪、海风的侵袭以及和其他浮冰的碰撞，边边角角不断磨损，面积慢慢地变小了。沙克尔顿决定放弃浮冰上的营帐。

1916年4月7日，队员们乘上3艘小艇，冒着严寒、顶着狂风、迎着巨浪，几天几夜没有合眼，拼命地划桨驶向陆地方向。他们的目的地是160千米以外的象岛。数不清究竟经历了多少次惊险的瞬间，最后，这3只小艇终于在4月14日成功登上象岛的海岸。

在海上漂流了整整497天之后，坚忍号队员们终于又重新踏上了陆地。

探险队所有成员平安回国

沙克尔顿知道，在荒凉的象岛上等待救援，希望极其渺茫，于是决定亲自前去寻找救援队。他的目的地是远在1300千米以外的南乔治亚岛。乘坐小艇在地球上最危险的海域里进行长途航行，无疑是一场赌上性命的博弈。4月24日，沙克尔顿写好一封遗书交给副队长，然后带领5名队员，开始了成功率只有0.1%的航行。

沙克尔顿的小艇一面与时速300千米的暴风、高达30米的波涛、零下几十度的严寒作战，一面继续着孤独的航行。5月10日，他们终于在522天前乘坐坚忍号出发的南乔治亚岛的西部海岸登陆。一艘简陋的小艇能够穿越最恶劣的狂风，平安驶过惊涛骇浪的险恶大海，堪称人类历史上的伟大壮举。

而要从海岸前往捕鲸站，必须翻过被认为连飞鸟都不能飞越的险峻高山。沙克尔顿把3个身负重伤的队员留在海边，带着另外两名队员翻过山，到达了基地。他们既没有睡袋，也没有帐篷，只靠一根绳索、一把斧头，创造了难以想象的奇迹。

1916年8月30日，沙克尔顿亲自驾驶一艘救援船来到了象岛，将留在那里的队员全部救出。由28人组成的探险队历经30多个月的磨难，全部平安回国，这是人类探险史上前所未有的伟大奇迹。沙克尔顿凭借不屈不挠的顽强意志战胜了绝望，他的探险经历在人类历史上留下了光辉的一笔，被誉为“比成功还要伟大的失败”。

Stage 3

史无前例的极地挑战赛

神秘的日晕、绚丽的极光，
美丽的南极风貌让鲁滨逊大饱眼福，
而向南极点发起挑战的世纪竞赛，
更是让他充分领教了伟大探险家的智谋……

咦，这是哪儿？

“哦……”

鲁滨逊从睡梦中醒来。眼屎像强力胶一样粘在眼皮上，眼睛根本就睁不开，但几天来的疲劳似乎一扫而光了。他觉得全身温暖舒适，额头上还冒出了细小的汗珠。

“咦，怎么一大早天气就这么热……”

鲁滨逊突然吃惊地张大了嘴巴。怎么回事？怎么可能会热呢？我明明是浑身哆嗦着在冰层上入睡的呀？还有，身下怎么这么柔软呢？难道是谁给我铺了一床棉花被？

鲁滨逊浑身一颤，连忙抬起手，使劲揉了揉眼睛，硬是把粘在一起的眼皮扒开。

眼屎啪嗒一声掉在了地上，这下眼皮总算睁开了。

“哎呀！”他不由惊叫了一声。

怎么会这样！他实在不敢相信自己的眼睛。他不是在简陋的帐篷里，也不是在冰冷的地面上，而是在一个用牢固的木材搭成的四方形房间里。暖炉上放着一个茶壶，水咕嘟咕嘟地烧开了，窗外是广阔的冰架和蔚蓝的大海。这分明是在南极大陆的海岸边。

“难道这挂表又……”鲁滨逊猛地一把抓起胸前的挂表。可不是吗，表针又向左偏移了一点。移动的距离比上次小得多，看来并没有把他带到非常久远的年代。上一次的4年前？或是5年前？

“这个老古董挂表可真是任性呀！总是由着性子乱来，真叫人不知道怎么办才好！”

但再怎么抱怨，老古董也不可能变成宝物，最重要的是弄清楚自己到底在什么地方，现在是什么年代，这样才能想想接下来可能会发生什么事情，又该如何去应对。要想平安回国，不管挂表多么不听使唤，都只能暂时忍耐。

“我昨晚临睡前说了什么？哦，对了，我说还不如把我送到阿蒙森的探险队去呢。那么这里……看来这里一定是阿蒙森的探险基地了。”

鲁滨逊陷入了沉思。既然来了，那就该见见阿蒙森，跟着他去南极点参观参观……他的脑子像超高速马达一样转得飞快，一个绝妙的主意冒了出来。

与此同时，鲁滨逊隔壁的房间里，三四个身材魁梧的男子正在开会。

“他还没醒吗？”

“是的，我刚去看过，还在呼呼大睡，口水流得跟瀑布一样。”

“这家伙到底是干什么的？怎么跑到我们的基地来睡大觉？”队长模样的男子紧皱着双眉，面带愠怒的表情。他身材高大，体格粗壮，目光犀利，满脸胡子，显得十分威严。

“嗯……我想可能是原住民吧。”

“南极哪有什么原住民？北极倒是有因纽特人。”

“看看他的长相就知道了，我走南闯北，见多识广，全世界哪儿没去过，可从没见过长得这么奇怪的人。我想，一定是不为人所知的新人种。”

“哦，这么说他是原始人了？”

“不管怎么说，肯定是个没进化好的人。”

就在这时，隔壁房间里似乎传来什么动静，紧接着，一个陌生的脚步声从走廊由远及近传来。大家扭头朝门口看去。有人一把推开门，走了进来。这人正是鲁滨逊。

“啊，他醒了！”

“小心！说不定他很野蛮。”

“队长，快躲开，也许他会咬人。”

这些人在叽里呱啦地说些什么呢？谁咬人？谁野蛮？鲁滨逊一边莫名其妙地想着，一边扫视了一下在座的人，简短地说：“我是来见阿蒙森队长的。”

嗯？想不到他还会说人话呢！大家都颇感意外。队长往前走了一步，用锐利的目光注视着鲁滨逊：“你是谁，为什么要找我？”

啊，人类历史上第一位抵达南极点的伟大的挪威探险家阿蒙森，原来就是他呀！鲁滨逊兴奋得差点跳起来，一个劲地用舌头舔着嘴唇。不知为何，他的嘴里冒出一句连自己也意想不到的回答：

“我是朝鲜独立运动家，我叫鲁滨逊。”

南极生存法则

南极是地球上唯一没有原住民的大陆，可见这里多么不适合人类生存。在南极，如果像鲁滨逊那样衣着单薄，别说探险，不到一两个小时就会冻得浑身僵硬。怎么才能在冰天雪地的南极生存下去呢？下面就来介绍一下南极生存法则。

多穿几件薄衣服比只穿一件厚衣服更管用

再厚的衣服，如果只穿一件，就不足以抵挡寒冷。因为外

部的冷空气附着在衣服上，不断夺取身体的热量。穿上好几件薄衣服，衣服和衣服之间就有了空气层，热的传播变得困难起来，热量就不会轻易向外散失，外部的冷空气也不容易侵入体内。所以，多穿几件薄衣服才是有效的御寒方法。

填充鸭毛、鹅毛的滑雪服会使人感觉温暖，就是因为这种衣服中的羽毛空隙间保留了很多空气，使得身体的热量不易流失。

如何防止冻伤

天气寒冷时，要是不注意保护皮肤，就很容易被冻伤。轻微的冻伤只要稍作治疗便可以痊愈，但如果在极地冻伤，人的血管会被破坏，细胞就会因无法获得氧气而死亡。

当皮肤裸露在寒冷的环境中时，起初会出现血管抽搐、肤色变白的情形，接着会有血管麻痹、扩张，皮肤变红的症状，最后皮肤会因瘀血而变成蓝色，并且肿胀起来。瘀血严重时，会导致血管破裂，产生水疱和炎症。如果情况进一步恶化，甚至会出现皮肤腐烂、肌肉和骨头坏死的症状，这时就必须切除冻伤的肢体。

为了避免冻伤，应当经常按摩手指、脚趾、鼻尖、脸颊等容易冻伤的部位，以促进血液循环。皮肤如果过于湿润，热量就会很容易散失，所以应该保持皮肤干燥，尤其是袜子和鞋子，一定要保持干燥。

一旦皮肤被冻伤，应该用温水清洗冻伤部位，然后抹上药膏或进行按摩。突然的温度变化会加剧冻伤，所以这时应避免把受伤部位浸泡在过热的水中。

禁止日光浴

在积雪多的地区，由于阳光会被雪反射，所以这里的紫外线会比一般地方强30%～40%。长久暴露在紫外线A下，皮肤会变黑，长时间接受紫外线B的照射，就会被晒伤。洁白冰雪覆盖的南极是地球上紫外线最强的地方，不仅人的面部容易被晒黑，而且一不小心就会被严重晒伤。

和晒伤同样可怕的是“雪盲症”。与皮肤相比，眼睛表层对紫外线更加敏感。雪地对日光的反射率极高，甚至可达95%，所以直视雪地正如同直视阳光。雪盲症即是由于眼睛的视网膜受到强光刺激而引起的暂时性失明症状。

在雪地或其他对日光反射率高的地方旅行，如果不采取适当措施，就有可能对眼睛造成伤害。皮肤被晒伤的症状通常在几小时后才能显现，但雪盲症的症状会立即显现出来，例如眼睛剧痛、泪水直流等，严重时视力还会下降。未配备保护装置的焊接工人，也可能产生类似的症状。如果出现了雪盲症，可以用眼罩、干净的纱布覆盖眼睛，不要用手揉眼睛，不要勉强用眼，并尽快就医。在紧急情况下，可用鲜人乳或鲜牛奶滴眼，一般雪盲症的症状可以在24小时至3天之内恢复。

在南极，为了防止晒伤和雪盲症，一定要用帽子、口罩和护目镜把脸部和眼睛保护起来。同样的道理，大家去滑雪的时候，也要记得涂抹防晒霜，戴上护目镜。

身体碰到水，就死定了

在极地，绝对不能掉进水里或是被水淋湿。因为一旦那样，人的体温就会急速下降，严重时甚至会危及生命。

当体温下降时，人体为了补充失去的热量，就会抖动肌肉。身体在感到寒冷的时候会发抖或打寒战，就是这个原因。但体温降到 34℃以下时，就不再打寒战；体温一旦低于 25℃，人便无法继续维持生命。

假如在寒冷的地方掉进水里，最好的方法是生火取暖。如果没有生火的工具，那就应该马上脱掉衣服，进行全身按摩，

使体温回升。

懒汉和慢性子

在南极，快速奔跑是不理智的行为。要想耐受寒冷，身体应该尽可能地储备能量，这时就需要尽量减少活动。必须要活动的时候，也不能着急，因为一旦出汗，身体的热量就会迅速散失。

北极的因纽特人总是慢吞吞的。以我们的眼光来看，他们都是懒汉和慢性子，但其实这不是懒惰，而是长期极地生活中积累下的经验和智慧。

我是朝鲜独立运动家

“这么说你……不，您是我们挪威的国王陛下派来的？”

“是啊。”

“呵呵，这可真是……”阿蒙森一副无法置信的表情，上上下下地打量了鲁滨逊一番。

尊贵的国王陛下居然会派这么个又瘦又小的家伙到我这里来？还要我接收他为探险队的正式队员，而不是清洁工或厨师？这简直荒唐透顶。

“国王陛下派你……不，派您来的目的是什么呢？”

“是为了援助朝鲜的独立运动。”

“独立？”

“是的。现在朝鲜是日本的殖民地，所以我们纯宗皇帝偷偷派我前往挪威，带给国王陛下一封信，请他助一臂之力。”

“然后呢？”

“国王陛下看完信后对我说，我派你去加入阿蒙森的探险队，和他们一起征服南极点。这样你出了名，全世界就都知道了朝鲜的艰难处境，到时一定会有很多国家帮助朝鲜独立的。”

“南极点可不是谁都能去的。”

“别担心，我可是南极探险专家。”

“哦，是吗？”

“那当然，我还能骗你吗？”

鲁滨逊开始吹嘘起自己的南极经验来。威德尔海的夏天与冬天、浮冰的攻击、“布丁”海、恐怖的暴风……当然，他是把自己和沙克尔顿一起经历的情形添油加醋地描述了一番，反正阿蒙森又不知道。因为他现在来到了坚忍号探险之前的年代。

“啧！真想不到……”阿蒙森一面听，一面掩饰不住惊讶的神情。真看不出，这个貌不惊人的小毛孩居然是个经验丰富的探险家。威德尔海连我都没去过……看来世界这么大，英雄真不少啊！

鲁滨逊一边说，一边也在为自己的机智和口才而惊叹。把前

后经过联系起来想一想，不难猜出这里就是阿蒙森的南极探险基地。从沙克尔顿昨天所说的话来看，现在应该是4年前，也就是1911年。阿蒙森自然不会知道4年后沙克尔顿的探险经历，所以他这么编造，肯定能蒙混过关。这就是他的完美计划。

但如果阿蒙森向国王核实情况的话该怎么办呢？这也没什么可担心的。因为现在是20世纪初，既没有网络，又没有手机，阿蒙森也不可能从南极回到遥远的北欧，去跟国王核实他的身份。最后，阿蒙森完全被鲁滨逊的谎言所蒙骗，相信了他所说的一切。

鲁滨逊唾沫横飞地描述着自己的神勇经历，讲了整整5个小时还没有讲完。阿蒙森相信了他所说的话，但似乎又不太愿意把他纳入正式队伍。因为多一个人，他出发前精心安排的计划就有可能出现差池。

但是阿蒙森最后还是满足了鲁滨逊的要求。鲁滨逊用一句话说服了这位伟大的探险家："这是国王陛下的旨意！请您务必遵命！"

你知道吗？

由于骨架结构的特殊性，企鹅只有在像人类一般直立的时候才能维持身体平衡，所以它们不像别的鸟类一样，头部下垂、身体弯曲。简单地说，它们是一群没有礼貌的动物，绝对不会弯腰鞠躬。企鹅的好奇心很强，当你靠近它，它就会睁大眼睛打量你，同时把脑袋昂得高高的。日常生活中，谁要是以这种方式来对待初次见面的人，肯定会被认为是不礼貌的。

阿蒙森和斯科特的世纪对决

在准备出发的过程中，鲁滨逊得知了一个惊人的消息：阿蒙森的竞争对手——斯科特的探险基地也在附近。阿蒙森的基地位于南极大陆东部罗斯冰架上的“鲸湾”，而斯科特的基地位于东北方向距此 100 千米的罗斯岛上。

“这么说，你们俩是在竞走，看谁能够先到南极点？”

“可不是嘛。”

“我们什么时候出发呢？”

“快了，等冬天一过去，马上就出发。”阿蒙森没好气地说。

只要一提到斯科特，他马上就会拉下脸来，语气也变得硬邦邦的。因为他的竞争对手有着强大的实力，每次一想到斯科特，他的心中就会升起一种强烈的战胜欲望。

“本来我的目标不是南极，而是北极。这次探险队乘坐的‘弗拉姆号’船也是为去北极而准备的。但我中途改变了主意。”

“为什么？”

“我听说两年前美国探险家皮利已经征服了北极点，去别人已经征服过的地方，有什么意思呢？所以我就把目标改成了南极。”

“那么这次的竞赛是谁提议的呢？”

“当然是我了。想必斯科特现在还很恼火呢。”

“为什么？”

“因为他根本就没想过我会来南极。”

1901 年，斯科特第一次到南极探险，但失败了，之后他一直雄心勃勃地筹备着第二次挑战。1 年多以后，他终于准备了一艘名为“特拉·诺瓦号”的船，向南极出发。那时阿蒙森的船正在去往北极的途中。斯科特万万没有想到自己会接到阿蒙森的一封电报。

我的“弗拉姆号”正在去往南极的途中。

阿蒙森

看完电报，斯科特怏怏不乐，紧闭嘴唇一言不发。阿蒙森这小子真是狂妄，不过是弹丸之地挪威的一个乡巴佬，竟敢挑衅堂堂大英帝国最有名的探险家？我一定要借这次机会，给他个下马威！

这就是被后人称为“世纪竞走”的开端。

“谁会赢呢？”鲁滨逊轻轻地问了一句。

当然，他清楚地知道阿蒙森将在这次竞赛中获胜。漫画书里是这么说的，沙克尔顿也曾明确地告诉过他。但是作为当事人的阿蒙森和斯科特，此刻还不知道未来的结果。两个人的神经都高度紧张，担心自己会在竞赛中落败。

“这还用问吗？当然是我赢了。”

“为什么？”

“第一，我们出发的地点不一样。这里距离南极点大约 1300 千米。但斯科特的基地离南极点有 1400 千米。在南极探险，100 千米的路程大约要花费 5 天时间。所以，我比他有优势。”

“那斯科特为什么要把基地建在那里呢？”

“他傻呗。”阿蒙森冷冷地说了一句。

他说得没错，斯科特已经在出发点上输了一步。为了尽可能把基地建得离南极点近一些，阿蒙森进行了长时间的调查，但斯科特却不假思索地把基地建在了 10 年前探险时的老地方。

“第二个理由是什么呢？”

“交通手段不一样。为了这次探险，我特地训练了 100 条狗，让它们拉着装行李的雪橇。我们的队员将乘着滑雪板前进。在冰原上，没有比雪橇和滑雪板更好的工具了。”

“那斯科特呢？”

“他那么笨，怎么会懂这个。听说他只带了 30 条狗，倒是带了不少马过来，还有沉重的雪上马车。可是在南极，马和马车能派上什么用场呢？只是累赘而已。等他明白这一点的时候，恐怕已经太晚了。”说着，阿蒙森的脸上浮现出得意的笑容，他扭头向冰架的南面望去。

鲁滨逊也觉得这次竞走对阿蒙森更为有利。他比斯科特进行的准备更为周密，脑子也更机灵。而且，他突然给斯科特发去一封电报，让斯科特心神不宁、烦躁不安，这说明他的心理战术也运用得不错。

“怪不得你能赢。”鲁滨逊点了点头，但他心里还是有点讨厌阿蒙森。不知为什么，他平时看到比自己聪明的人，总有一种想去揍人家一顿的冲动。当然，想归想，他从来没有付诸行动过。

决定命运的日子一天天临近了。漫长而黑暗的南极冬天马上就要过去了。9 月初的时候，气温只有 -60℃～ -50℃，到了 10 月，气温明显上升，10 月中旬开始，这里俨然已经有了春天的气息。队员们整装待发，只等阿蒙森一声令下。

10 月 20 日，阿蒙森终于下达了出发的命令。

你知道吗？

世界上著名的雪橇犬大部分原产于地球最北部。其中西伯利亚哈士奇、萨摩耶犬、阿拉斯加马拉缪特、格林兰犬等是最高级的雪橇犬。哈士奇长得像珍岛狗一样雄壮，是北极最具代表性的雪橇犬。萨摩耶犬像芬兰丝毛狗一样浑身雪白，是踏遍极地的雪橇犬。阿蒙森带领的雪橇犬大部分都是萨摩耶犬，他能够获胜，这批萨摩耶犬可谓功不可没。

在南极这么寒冷的地方，不能穿合成纤维制成的衣服，因为严寒会使衣服很快损坏。只有棉纤维、动物毛制成的毛织物、皮革才能抵御 -60℃的严寒。但如果只穿全棉内衣、毛衣或皮夹克的话，不到 10 分钟就会被冻僵。在南极，一定要穿很多层衣服才行。

向南极点进发

“行李都带齐了吗？雪橇没什么问题吧？”

“一切准备就绪！”队员们齐声回答。

整个冬天，他们每天都会检查雪橇的状况，但细心的阿蒙森还是询问了一番。

今天是出发的日子，他做梦都在等待这一天的到来。

用来装载粮食和燃料的雪橇共有 4 辆，每辆雪橇由 13 条狗牵引，这 52 条狗是弗拉姆号上的 100 条狗中最强壮、最训练有素的雪橇犬。

包括阿蒙森在内，探险队的队员一共有 6 个。当然，鲁滨逊也是其中一员。这期间他一直在练习滑雪，一开始他的动作比企鹅还要笨拙，动不动就会摔倒，经过勤奋的练习，现在他的技术已经十分熟练了。

“鲁滨逊，你穿的是什么衣服？”阿蒙森检查着探险队的准备情况，而鲁滨逊的穿着让他万分惊讶。

其他队员每人都穿着好几件衣服，最外面还罩着一件毛皮外套，但鲁滨逊的着装却显得十分寒酸。他外面倒也披了件毛皮外套，里面却穿得很单薄。

“嗯？这怎么了？”

“怎么了？你穿这么点怎么行？”

“没关系，这外套很厚。”

阿蒙森不由发出一声叹息，朝鲁滨逊瞪起了眼睛：“瞧你穿得像什么样子！在这么冷的地方，一件厚衣服还不如几件薄衣服来得暖和，你连这点常识都不知道吗？你看看其他队员，谁不是里三层外三层的？”

“可是穿得这么臃肿的话，会很破坏形象的……”

天啊，一个去南极探险的队员还在讲究形象！阿蒙森终于忍无可忍，冲着他咆哮起来：“你这是去参加时装表演吗？再说了，你有什么形象可破坏的，本来就毫无形象可言。别废话了，赶紧回去再穿 10 件衣服。”

哎哟，喊什么喊，我的耳朵都快被震聋了……鲁滨逊嘟着嘴，没精打采地回到屋子里，他从这个房间跑到那个房间，把能找到的衣服全都试穿了一遍，然后挑了几件喜欢的穿上，整整花了两个小时。然后，他穿得鼓鼓囊囊的，走出屋子。

他的脸上还挂着得意的笑容。

哼，你让我穿 10 件我就穿 10 件？开玩笑！为了表示反抗，我就穿了 9 件。

在外面等候的队员们实在不耐烦了，正在两人一组玩着石头剪刀布。

鲁滨逊还是没能通过服装检查，因为探险必需的装备他一件也没带。他的理由更让阿蒙森瞠目结舌。

“为什么没戴帽子？”

“那会弄乱我的发型。”

“头上总共没几根毛的家伙……赶紧去把帽子戴上！”

30 分钟后，鲁滨逊戴着帽子，慢吞吞地走了出来。

“口罩呢？为什么没戴？”

“戴上口罩呼吸多不舒服！”

“那护目镜呢？”

“那么大的眼镜，会遮住我迷人的眼神！”

哎哟，这小子还挺能说会道的……阿蒙森气得脑袋上都快冒烟了。现在是多么紧急的时刻，争分夺秒还来不及，却被这小子搅和得……但又不能把他一个人扔下。

“听好了，在南极，冰雪反射的阳光比直射光线可怕得多。你不戴帽子和护目镜，肯定会被烧伤，说不定还会变成瞎子。”

啊！瞎子……鲁滨逊吓了一大跳，撒腿就往屋里跑。

身后，阿蒙森闭着眼睛，用拳头使劲捶打着胸：“哎哟，我真命苦啊，要带着这么个家伙去南极点……要不是国王陛下的旨意，真恨不能马上就把他赶走！”

全部准备工作终于就绪了。探险队员们穿上滑雪鞋，排成一队，个个表情悲壮地和其他队员紧紧握手道别。鲁滨逊的心怦怦直跳，似乎马上就会从胸口蹦出来，握着滑雪杖的双手全是汗，连手套都湿透了。

我能平安无事地回来吗？我不会死在冰上，变成一个冷冻人吧？哎呀，我在胡思乱想什么呀，世界上除了末淑，没有一个人不知道阿蒙森成功征服了南极点。

为了驱除心中的不安，鲁滨逊做了一个深呼吸，然后像跨越阿尔卑斯山脉的拿破仑一样，高高举起一只手。

站在队伍最前面的阿蒙森表情庄严肃穆，他正要喊出出发的命令时，突然从鲁滨逊的嘴里蹦出了震耳欲聋的两个字：

“出——发！”

嘀！阿蒙森的脸唰的一下变得铁青。只有队长才能下达出发的命令，这个小毛孩居然敢越俎代庖！他正想摆手阻止队员们前进，但来不及了，雪橇犬们已经撒腿在冰上欢快地奔跑起来。

“哒哒哒哒……”

在罗斯冰架广阔的冰原上，雪橇留下的痕迹长长地延伸开来。

美丽而神秘的南极天空

南极的天空中，经常会出现其他地区见不到的神秘现象，那是因为这里的空气中存在着大量的冰晶体，也就是细微的冰粒。这里的云也不是由水蒸气组成，而是由冰晶体聚集成的。太阳光和月光被这些冰粒所反射、散射，形成独特的光学现象。

到底有几个太阳？幻日现象

在晴朗的日子里，大气中的冰晶体将阳光散射开来，便形成了鲁滨逊见到的“幻日现象”：太阳好像变成了好几个，周围还环绕着美丽的光环，形成日晕，太阳底下则出现红色或浅黄色的色柱，有时透过重重浓雾还能看到色彩斑斓的彩虹。

“小太阳”是阳光被空气中的冰晶体反射而形成的。日晕的形成则是因为阳光穿透冰晶体时，冰晶体起到了棱镜的作用，将阳光四处散射开去。幻日现象主要出现在冰原上，在海上或海边则很少见。同样的原理，有时还会出现“幻月现象”。

夜空中的激光表演：极光

极光也被称为“欧若拉”，欧若拉是古罗马神话里的曙光女神，极光同样也是太阳和空气协作的产物。太阳向宇宙空间喷射出带电粒子——等离子体，等离子体的流动产生太阳风。大部分太阳风被阻挡在地球磁气圈之外，但有一小部分穿过磁气圈，进入地球大气层。极地的高层大气受到太阳风的轰击后会发出光芒，这就是极光现象。

极光色彩多样，是因为与太阳风相撞的大气是由不同的成分构成的，因而发出的光颜色不同。太阳风和氮气相遇会发出紫光，和氧气相遇则发出红光和绿光。像激光表演一般绚烂多彩的极光，发生在距离地面 100 千米以上的高空，一般持续 10 ～ 30 分钟后消失。

在南极，有些地区会频繁发生极光现象。以地磁南极点（南纬 80° 65′，东经 107° 32′）为中心点，半径 3000 千米的圆形

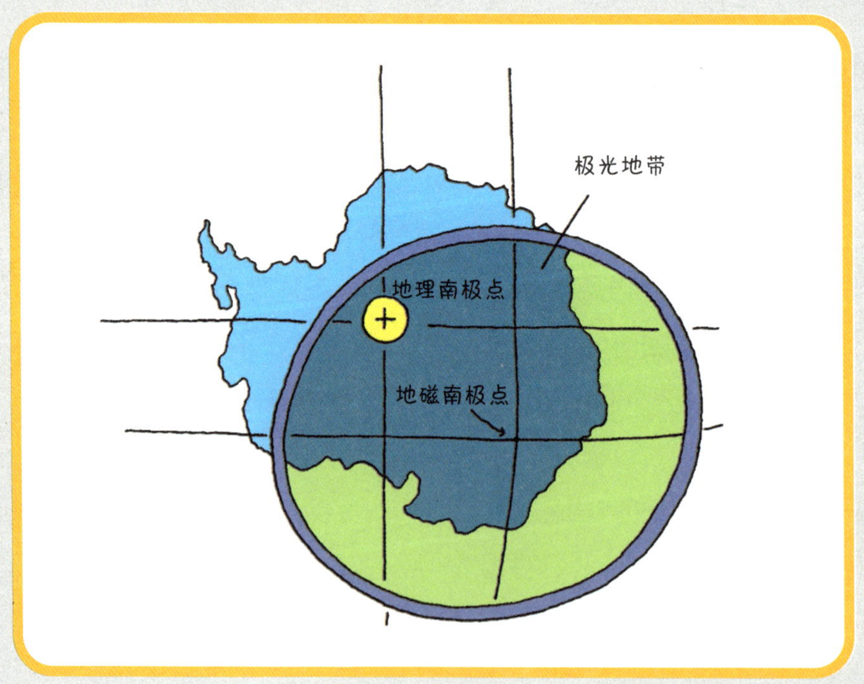

地带都属于频发地带。

世界消失了：乳白天空

阴天时，南极会发生许多奇怪的现象。刚才还在眼前的物体突然就不见了，眼前变得雾蒙蒙的，整个世界消失在一片白色光芒之中。

这就是“乳白天空”，极地特有的一种奇异的天气现象。南极的阳光被冰雪反射到空中，但阴天云层厚重，太阳的反射光又被云层反射回地面，接着又被冰雪反射到天上。这个过程

乳白天空现象

不断反复，周围就会变得一片混沌，物体的形象便完全消失在了明亮的光线中。

一旦发生乳白天空现象，正确的做法是等在原地静止不动，等乳白天空现象消失后，周围的物体会重新出现在我们的视野里。如果轻举妄动，盲目前进，就有可能掉进裂缝或悬崖下。1958年，美国一名直升机驾驶员就因乳白天空现象而迷失方向，导致直升机坠落，不幸身亡。

啊，上当了：海市蜃楼

还记得《男孩的科学冒险书1：征服无人岛绝境》里讲过的海市蜃楼原理吗？这是由于在冷空气和热空气的交界面上，空气的温度差异和密度差异使实物发出的光线发生折射之后形成了虚像。南极也是一样，低空的冷空气和高空的暖湿空气相互作用，产生蜃景。在南极探险的人几乎毫无例外都遇到过海市蜃楼现象：巨大的冰山飘浮在空中，遥远的基地突然显得近在眼前，等等。

还有一点需要注意，那就是对于距离的错觉。有时某个物体乍一看似乎很近，但事实上却可能有目测距离的3、4倍那么远。南极的空气寒冷干燥，而且杂质很少，非常纯净，因此会使人的距离感产生错乱。

神秘的日晕和绚丽的极光

探险队前进得十分顺利。阿蒙森的猜想是对的，在南极，雪橇和滑雪板是最好的行进方式。素以变化多端闻名的南极气候这次也没有和他们作对。

队员们每天只走 5 个小时，其余时间都在帐篷里休息，以恢复体力。这是阿蒙森从北极的因纽特人那里学到的极地生活窍门。在经验丰富的队长和健壮的雪橇犬的带领下，队员们的前进速度远远超过以往任何探险队，平均每天能够前进 32 千米左右。

但旅途中，阿蒙森的脸色一天比一天难看。这是因为鲁滨逊不但抢先喊出了出发的命令，而且开始露骨地觊觎队长的位子。每次阿蒙森想下达什么命令的时候，他总会抢先一步发布，弄得阿蒙森一次都没能好好行使队长的权力。最后，连雪橇犬似乎也把鲁滨逊当成了真正的队长，对阿蒙森的话反而爱理不理了。

“嗨，滨逊，快命令雪橇犬出发吧。”阿蒙森气鼓鼓地对鲁滨逊说。经过一段时间的休息之后，探险队准备再次出发，但无论阿蒙森怎么挥舞着鞭子发号施令，雪橇犬们就像没听见似的，懒洋洋地躺在地上，就是不动身，仿佛在说：鲁滨逊队长没说话，谁要你多嘴？

“哦，是吗？”鲁滨逊神情倨傲地点点头。然后，他像皇帝一样高举双手，用威严的声音喊道：“我忠诚的爱犬啊！阿蒙森队员提议出发了。大家快起来，撒开腿在雪地上跑起来吧！”

“汪汪汪！”雪橇犬齐声吠叫，从地上爬了起来。

“哈哈哈——”鲁滨逊开怀大笑着，率先踏上滑雪板向前冲去。

队员们偷偷瞄了一眼阿蒙森，一个个跟着鲁滨逊出发了。阿蒙森哭丧着脸，向大家追去。

“哇！那是什么？”鲁滨逊跑得正欢，突然停了下来，嘴巴张得老大。

雪橇犬们一看“队长”站住了，便停下了脚步。其他队员也都表情诧异地停在原地，面面相觑：鲁滨逊这家伙又想干什么呢？

鲁滨逊目不转睛地凝视着天空。

眼前是一幅美丽而神奇的景象。太阳低低地悬挂在地平线上，在它的周围，十几条彩虹一般的色带形成美丽的同心圆，光芒四射，耀眼夺目。更令人惊讶的是，在太阳的两侧，各有一个小太阳。

鲁滨逊完全看傻了眼。天啊，我知道南极是个神秘的地方，但也不至于出现3个太阳吧？

阿蒙森气喘吁吁地从后面追上来，走到鲁滨逊身边。

“鲁滨逊，你怎么像傻瓜一样把嘴巴张得那么大？”

“你看天上，哇，怎么会这样……”

“我还以为出了什么事呢，你没见过幻日现象吗？”阿蒙森大惑不解地望着鲁滨逊。这小子不是自称南极专家吗？吹嘘得天花乱坠、唾沫四溅，怎么看到幻日现象还会这么大惊小怪？

哎呀！鲁滨逊猛然意识到自己的失态。怎么能在阿蒙森面前露出马脚呢？他避开阿蒙森的目光，转着眼珠子想开了。该怎么掩饰才好呢？

"没见过？这怎么可能呢？我也知道这叫哈日现象！"

哈日？不对啊，应该是幻日。这小子在说什么呢？阿蒙森的目光更加疑惑了。

鲁滨逊急于岔开话题摆脱窘境，便故意用谄媚的语气说："队长，这有什么可看的，我们快走吧，队长！"

"嗯？哦，好好。"

哒哒哒哒……

雪橇犬们又开始欢快地奔跑起来。

这次的出发命令自然也是鲁滨逊下达的，但阿蒙森这回没觉得心里难过，反而充满了喜悦与感动，鼻子一阵阵发酸。

"我没听错，他刚才叫我队长。对呀，我才是队长，呵呵呵，这真是太好了……"自从探险队出发以来，阿蒙森第一次喜笑颜开。

到了晚上，队员们就在广阔的冰原上搭起帐篷，早早入睡。今天是10月的最后一天，过去的10天里，他们前进了约300千米，还有好几倍的路程要走。

"哎哟，受不了了。"鲁滨逊皱着眉头从地上爬了起来。他已经憋了好几个小时的尿，小腹变得胀鼓鼓、硬邦邦的。

"看来我比别人尿频……"他一边嘟囔着一边往帐篷外钻，

突然，他的嘴巴又张开了，足有下午看到幻日时的两倍那么大。

“哇！”

天上着火了！

鲁滨逊的眼神像在梦游一般。南极的夜空是那么辉煌灿烂，好像在进行一场激光表演，绿色、红色、紫色、蓝色、黄色……各种色彩交织在一起，仿佛有一幅巨大而华丽的窗帘，从天上一直垂到了地上。眼前的情景是那样绚丽夺目，美得令人窒息。

“这一定就是极光吧。”

极光是极地最神秘的景象，是太阳光和地球的空气共同作用产生的现象。鲁滨逊从前只在漫画书里见过，现在却亲眼目睹了这梦幻般的奇景。在极光消失前的 30 多分钟里，他的嘴巴就一直像山洞那样大张着。

“要是能拍张照片就好了，可惜没带相机。”鲁滨逊啧啧叹息着，撒完尿后他转过身，突然听到汪汪的狗叫声。可能是几条狗听到什么动静，从睡梦中惊醒了。

“天气这么冷，你们受苦啦！明天我让阿蒙森队员给你们喂点好吃的。”

他话音刚落，背后突然传来“咚”的一声闷响。

原来是也正巧出来小便的阿蒙森听到了他的话，深受刺激，一下子摔倒在地上。

“呜呜呜……让我给狗喂食？我尊贵的国王陛下啊……”阿蒙森又像前几天那样愁眉苦脸了。

11 月的第一天，探险队通过了罗斯冰架的中间地带。这意味着他们已经走过了一半的路程，接下来再走这么多，就能看到由南至北横亘南极大陆的巍峨雄伟的南极纵贯山脉了，它将南极划分为东西两大陆地。南极点就在纵贯山脉背后那片平坦而广阔的“南极高原”上。

同一天，斯科特率领队员，带着 10 匹马从基地出发，向南极点行进。他的出发时间比竞争对手阿蒙森足足晚了 11 天。

你知道吗？

企鹅有一个习惯，就是把附近的宝宝们全都集中起来，进行集体教育，这叫“企鹅幼儿园”。据说有的“企鹅幼儿园”里聚集了 100 多只企鹅宝宝。（想象一下，这该有多热闹啊！）企鹅爸爸和企鹅妈妈有着神奇的本领，能够从一群小企鹅的叫声中准确地判断出自家宝宝的声音，然后赶过去给它喂食。它们一次只给宝宝喂一点儿，用食物吸引宝宝跟着它们慢慢行走，以此来进行走路的训练。

恐怖的陷阱——裂缝

“哇，终于看到了！”

“万岁！”队员们停下脚步，兴奋地齐声欢呼起来。远远地，南极纵贯山脉隐约露出了轮廓。

今天是11月11日，离他们出发整整3个星期了。看到南极纵贯山脉，意味着他们已经基本上穿越了罗斯冰架，安全地完成了这次探险三部曲中的第一部。

“诸位！”阿蒙森表情庄严地说，“再过几天，我们就能到达前面那座山的山脚下了。那座山现在还没有名字，我们给它取个名字吧！”阿蒙森难得一见地显示出了队长的威严。

队员们个个眼睛发亮，专注地听着队长的话。当然，鲁滨逊和雪橇犬除外。

“我提议，用我们挪威王后的名字，把这座山命名为‘毛德皇后山脉’，大家觉得怎么样？”

“好！”

“同意！”

队员们发出热烈的欢呼声。

“王后万岁！国王陛下万岁！”

就在这时，鲁滨逊突然又唱起了反调：“我反对！”

阿蒙森气恼地瞪着眼睛问：“为什么？”

“我要将那座山命名为‘末淑山脉’。”

“末淑？那是什么意思？一种野菜的名字吗？”

“什么野菜，明明是人的名字，而且是个女人！”

“女人的名字？是你们朝鲜的王妃吗？”

“倒不是什么王妃……反正是个身份非常高贵的人。”

“到底是什么身份？”

“我的女朋友。”

天啊！这个鲁莽狂妄的家伙，居然敢拿自己的女朋友和挪威的王后抗争。阿蒙森不屑地从鼻子里哼了一声，高声喊道：“诸位！走吧，向毛德皇后山脉出发！”

哒哒哒哒……探险队重新出发了。就在这时，阿蒙森突然意识到了什么，激动得浑身颤抖起来：“啊，我终于成功了！刚才雪橇犬又听我的指挥了！呵呵，我又是队长了！”阿蒙森的脸上一副百感交集的神情，不知是哭还是笑。

5 天后 ，探险队来到了南极纵贯山脉的山脚下。为了减轻负担，队员们只在雪橇上装了 30 天的粮食，其余的粮食就地掩埋。

同一时间，斯科特的探险队还在罗斯冰架上艰难地跋涉着。

比起在平坦的冰架上前进，顺着冰冻的山坡往上爬显然要困难危险得多。一不小心，就会跌下陡峭险峻的悬崖。

最可怕的莫过于冰和冰之间的缝隙了。在顺着山坡流下来的冰川里，布满了数十米深的裂缝，像怪物一样狰狞地张着大口。裂缝的入口被冰雪所覆盖，不易察觉。如果不小心一脚踩中，就会坠落下去，摔得粉身碎骨，成为可怜的“冰鬼”。

队员们把绳索绑在身体上，然后一个一个连接起来，时刻警惕着脚下的冰面，一步一步小心翼翼地向上爬。

雪橇犬似乎也意识到了潜在的危险，把鼻子低低地凑在冰面上，小心地往前挪动着脚步。这样又过了 10 天。

咔嚓！

“汪汪汪！”

“哎哟！”

什么东西碎裂的声音、狗吠声、鲁滨逊的惊叫声同时响了起来。原来是跟在鲁滨逊身边的一条雪橇犬突然和雪橇一起从地面上消失不见了。雪橇坠落的地方是一条 50 多米深的巨大裂缝。

不知是不是天色已晚的缘故，这个裂缝显得深不见底。

哐啷！咣当——

雪橇碎裂的声音留下长长的回音，听来令人毛骨悚然。

鲁滨逊又是惊吓，又是庆幸，出了一身冷汗。吞噬了雪橇和雪橇犬的裂缝入口离他的脚印超不过30厘米。如果刚才稍有偏差，自己就一起掉进去了。

队员们怀着悲痛而又恐惧的心情，继续默默地前进着。平时一有空就抢着发号施令，频频给阿蒙森添堵的鲁滨逊这回也老实了，因为在过去的几天里，他真切地感受到了阿蒙森是个多么优秀的探险家。

冰川在他们眼前漫无边际地延伸着。这是他们的探险历程中最艰险的一段，阿蒙森把这里叫作“魔鬼冰川”，又把狗和雪橇跌落的裂缝称为“恶魔的舞池”。

12 月 4 日，队员们终于成功穿越了令人心惊胆战的恶魔冰川，踏上了南极高原。这时距离他们离开基地整整 45 天，离到达南极纵贯山脉的山麓也有 18 天了。

4 天后，他们突破了南纬 88° 23′，打破了沙克尔顿于 1907 年创下的世界纪录。他们距离南极点只有 150 千米了。

第二天，也就是 12 月 9 日，斯科特一行来到南极纵贯山脉，开始攀登冰川。他和阿蒙森的行程整整相差了 23 天。

这里就是南极点

“不行！我们怎么能做这种事呢？”

“不行？要不然，把狗留下，杀了你？”

“啊，不不……”鲁滨逊一时语塞，无言以对。

他正在强烈抗议阿蒙森的提议。阿蒙森提出要杀掉几条狗，拿它们的肉来喂其余的狗。

这天是12月12日。

离南极点只剩下一两天的路程了，但他们却面临着粮食短缺问题。特别是那50多条狗，他们一顿就要吃掉大量的食物。阿蒙森之所以想出这么奇怪的主意，是为了减少吃饭的嘴巴，同时又能增加粮食。

“不管怎么说，把狗肉喂给狗吃，这也太野蛮了吧……”

“不光喂给狗吃，我们也得吃。”

什么？我们也要吃狗肉？鲁滨逊吓了一跳。

“我们现在粮食严重不足，剩下的已经不多了。就这么点粮食，回去的路上怎么能坚持得住？”

阿蒙森说得没错。队员们带来的粮食只够吃30天，现在已经过去26天了。剩下的粮食再怎么节约，也只能勉强维持一星期左右。但是他们抵达南极点再返回到埋藏粮食的山脚下，最少还要花费三四个星期。在这段时间里，不管愿不愿意，都只能用狗肉来充饥。

“你不想吃就别吃，饿晕了可别怪我。在南极，挑食的人是活不下去的。”

其实，跟沙克尔顿在一起的时候，鲁滨逊什么没吃过？连企鹅、海狗都吃过，还怕吃狗肉吗？用末淑的话说，世界上再也没有比狗肉汤更美味的东西了……

鲁滨逊闭上眼睛，决定听从阿蒙森的安排，开始吃狗肉。

虽然一想到这些日子以来同甘共苦的雪橇犬马上要成为自己的盘中餐，他有些于心不忍，但为了生存，别无选择。

“好吧，我吃！但我有个条件。”

“什么条件？”阿蒙森诧异地问。

从鲁滨逊的嘴里吐出这么一句话：

“我只吃里脊肉。”

离南极点越近，天气就越冷。冬天这里的气温最低能到-80℃，年平均气温为-50℃，虽然现在是夏天，也非常寒冷。鲁滨逊的脚被冻伤了，肿得老高，脸像摔瘪了的苹果一样青紫。

另一个显著的变化是阿蒙森的表现。

自从进入南极高原后，他的表情越来越阴沉，动不动就向队

员们发脾气。显然，他担心斯科特会抢先一步抵达南极点，不免心里焦急。而事实上，他的行程比斯科特早了整整 30 天，已经胜券在握，但他对此一无所知。

12 月 13 日午后，探险队就地休息时，鲁滨逊来到阿蒙森身边，想把这次竞赛的结果透露给他，这样他就不会这么焦躁不安了。

“队长，别担心，你一定会赢的。”

这小子，说什么呢？阿蒙森的表情显得又惊讶，又嘲讽，他反问道：“你怎么知道？”

“嗯，这个嘛……”鲁滨逊骨碌碌转动着眼珠，想不出该怎么回答他才好。

在学校里学过？在漫画书里看过？从沙克尔顿那里听说过？但这些都是未来的事情，生活在 20 世纪初的阿蒙森无论如何也不会相信这世界上还有时间机器，鲁滨逊是乘坐时间机器回到了过去。

“反正你会赢的！就是这样。”

嗬，真是个奇怪的小家伙。阿蒙森不屑地耸了耸肩膀，接着突然瞪大眼睛，咆哮起来：

“少说废话，快去喂狗！”

啊？喂狗？这是要我去杀狗吗？

鲁滨逊吓得连连后退，阿蒙森又阴森森地补充了一句：“敢不听话，待会儿连汤都不给你喝！”

又过了一天，现在南极点已经近在咫尺。

到了下午，阿蒙森几乎每过 10 分钟就让队员们测量一下他们所在的准确位置。他们携带的像钟表一样的测量仪叫经纬仪。

“现在的位置？”

“南纬 89° 59′。”

南极点位于南纬 90°。1° 等于 60′，现在只剩下最后 1′ 了。纬度 1° 大约为 111 千米，1′ 就是它的 1/60，也就是 1.85 千米。只要再前进 1.85 千米，他们就能到达梦寐以求的南极点，成为世界上第一支来到南极点的队伍。

“现在呢？”

“89° 59′ 30″。”

纬度 1″ 是 1′ 的 1/60，相当于 30 多米。只剩 30″，说明他们距离南极点只有 900 多米了。

队员们努力抑制着怦怦的心跳，默默地向最后的目的地进发。现在阿蒙森已经亲自用经纬仪来测定经纬度了。他那憔悴的脸庞因激动而变得通红，肌肉不住地颤抖。

59′40″、45″、50″、55″。

“停止前进！”

阿蒙森猛地举起手来，同时低低地喊了一声。他在雪地上蹲了下来，专注地测量着方位。

过了一会儿，他简短地说：“就把旗帜插在这儿吧。”

一阵短暂的沉默过后，队员们互相拥抱着，不约而同地高声欢呼起来。

“哇！”

“万岁！挪威万岁！”

“阿蒙森队长万岁！”

啊，原来这里就是南极点！

地球的最南端原来就在这里！

鲁滨逊的心中充满了难以言表的激动与兴奋。他使劲咽了口唾沫，突然高举双臂，表情庄严地喊了一句：

“大韩民国万岁！”

你知道吗？

要想环绕地球一周，最快捷、最简单的方法是什么？正确答案是在南极点插上旗帜，以此为中心转个圆圈。从严格意义上来说，这也算是环绕地球一周。沿着地球上最“胖”的部位——赤道（纬度0°）来环绕地球一周的话，需要很长的时间，但在纬度90°的南极点，只要短短3秒钟就够了。当然，要想去南极进行“环球旅行”，可不是那么容易办到的事情。

三个南极点

先出个小问题考考大家：南极点一共有几个？你一定认为只有一个吧？但事实却并非如此，地球的南极点其实有3个。地球只有一个，南极也只有一处，为什么会有3个南极点呢？下面就让我们一起来解开这个奥秘。

南纬90°：地理南极点

地球的自转轴与南半球地表的交点，叫作地理南极点。这里的位置是南纬90°，阿蒙森和斯科特比赛谁最先能到达的就是这里。平时报纸、电视、漫画书里所说的南极点，绝大部分指的都是地理南极点。

有趣的是，地理南极点并不是固定不变的，而是在逐渐缓慢地变化着的。由于地球表面被水和空气所覆盖，在自转、公转时会发生轻微的颤抖现象，所以，地球的自转轴每天偏移一点点，地理南极点也随之移动。

地球的自转轴做圆形运动，1年后会回到原来的地方，这个圆的直径约为21米。由于地理南极点不停地移动着，它的正确位置很难测算，因此探险家们索性在这个圆的中心点插上旗帜，高呼万岁，人们也便认可他成功抵达了南极点。

地球大磁铁和地磁南极点

指南针之所以能够指示南北，是因为地球是一块巨大的磁铁。地磁的 N 极在南方，S 极在北方，指南针的 N 极被地球的 S 极吸引，指向北方，指南针的 S 极被地球的 N 极所吸引，指向南方。

简单地说，地球内部像一块巨大的磁铁。这块大磁铁的磁轴与南半球的地表相交的地方，就是地磁南极点。

地磁南极点的位置和地理南极点不同，因为地磁轴与地球的自转轴并不一致，而是存在 9.41° 的夹角。位于东南极冰原上的地磁南极点的坐标是南纬 80° 65′，东经 107° 32′，距离地理南极点（南纬 90°）约 1040 千米。

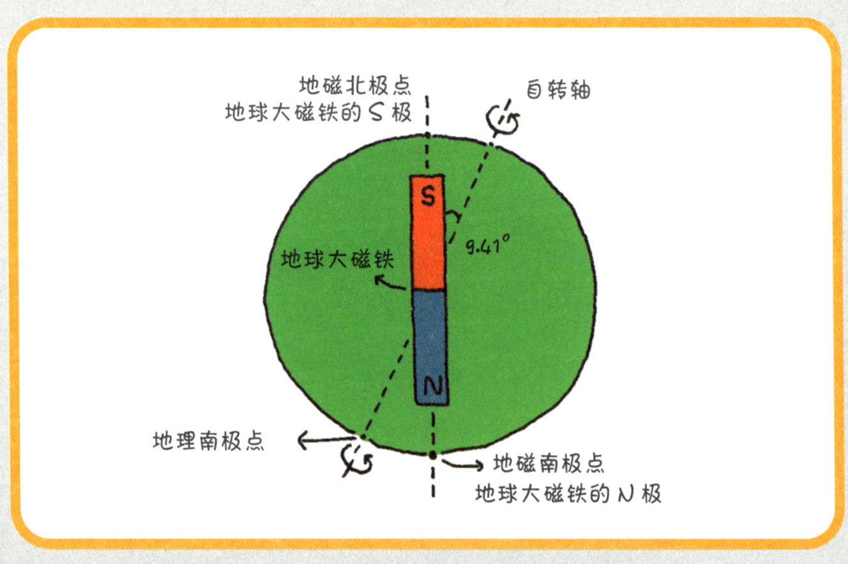

指南针所指示的“南磁极点”

向着指南针所指示的南方一直走下去，会到达地磁南极点吗？既然指南针受到地球的磁力吸引，那么向着指南针指示的南方走下去，就一定能够到达地球大磁铁的终点——地磁南极点吗？事实并非如此。

指南针所指示的南极点距离地磁南极点还有 2020 千米，这就是第三个南极点：南磁极点。

为什么会发生这种现象呢？这是因为小磁铁的存在。

地球内部除了大磁铁以外，还有一些小磁铁。大磁铁的磁力最强，但其他磁铁对地球的磁场也有一定的影响。因此，指南针所指的方向与地磁南极点之间有少许误差。地磁南极点是地球磁铁们的“大哥”——大磁铁所形成的南极点，而南磁极

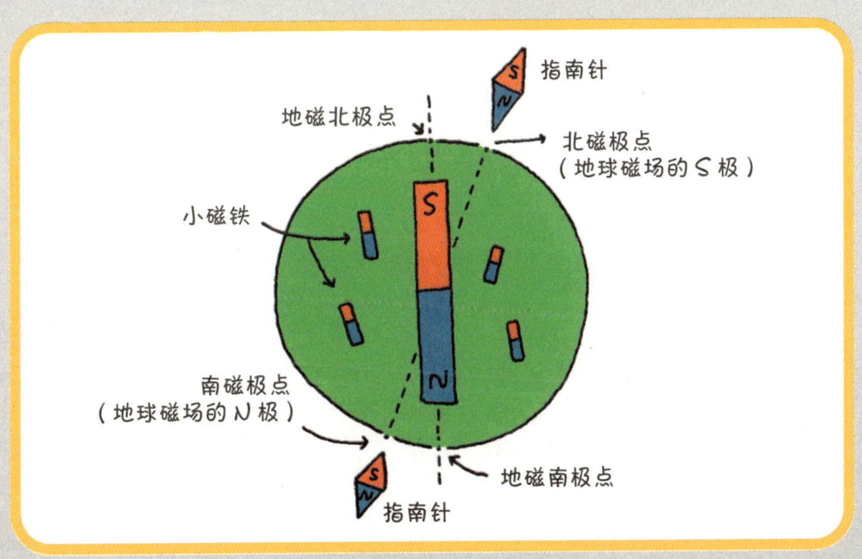

点是地球的所有磁铁一起发生作用所形成的南极点。

地球的磁力线从南磁极点和北磁极点发出，形成无数个闭合的磁力线圈，地球就被这些无形的磁力线圈包围着。在南磁极点和北磁极点上，磁针与地表垂直，地球的磁力线与水平面之间呈 90° 夹角，这叫作磁倾角。

地磁南极点是固定不动的，而南磁极点却在不停移动。这是因为地球的小磁铁在不断发生变化的缘故。20 世纪初，南磁极点位于南极大陆上，现在却位于距离地理南极点 2800 千米的东南极海上。如今，南磁极点每年向西北方向移动 55 千米，北磁极点距离地理北极点则约有 1500 千米。

第四个南极点：难抵极

除了上述 3 个南极点之外，还有另外 1 个南极点。无论从南极大陆的哪个海岸出发，这里都是最遥远、陆路交通工具最难到达的地方，这就是“难抵极”。

由于北极不是大陆，而是海洋，所以没有难抵极，只有地理北极点、地磁北极点、北磁极点。南极的难抵极也是探险家们十分感兴趣的重要目标，因为这里是最难到达的地方。难达之极位于南纬 82° 08′，东经 54° 58′，是南极气温最低的地方，海拔 3718 米，冰层厚达 3000 米。1958 年，一批苏联探险家成功征服了难抵极。

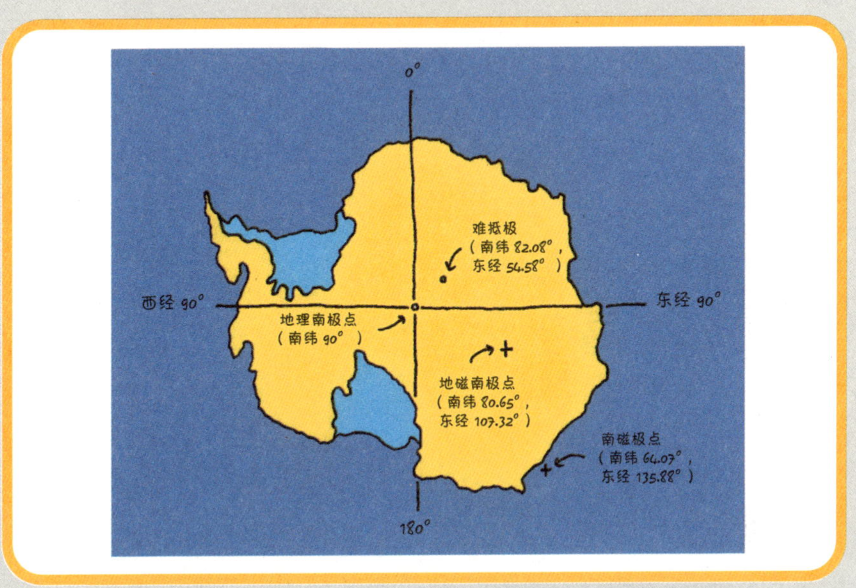
0°
难抵极
（南纬 82.08°，
东经 54.58°）
西经 90°
东经 90°
地理南极点
（南纬 90°）
地磁南极点
（南纬 80.65°，
东经 107.32°）
南磁极点
（南纬 64.07°，
东经 135.88°）
180°

淘气的挂表

1911 年 12 月 14 日下午 3 点，阿蒙森率领的探险队终于把挪威的国旗插在了南极高原上。大红的底色，蓝色的十字，在皑皑白雪中显得分外醒目。这是一个伟大的标志，证明人类有史以来第一次到达了南极点。

鲁滨逊用一根木棍在插旗的地方画上了韩国的太极旗。

南极点四周没有任何痕迹。人的脚印、雪橇或滑雪板的印痕、旗帜……什么都没有。目之所及，只有洁白的冰雪和蔚蓝的天空。这说明阿蒙森已经战胜了斯科特。

阿蒙森命令队员们在南极点附近搭建一个帐篷，除了携带上回程必需的物品，其余的全部留在帐篷里。这是为了给不久后即将到达这里的斯科特探险队提供一点帮助。

这是一个英雄给予竞争对手的温暖关怀。望着阿蒙森忙碌的身影，鲁滨逊由衷地感受到他不愧为一个伟大的探险家。

阿蒙森留下了一封写给挪威国王哈康七世的充满忠诚的信。这是为探险队如果不能平安返回而提前做的准备。旁边还放了一封写给斯科特的信。

亲爱的斯科特队长：

继我之后，相信您一定马上就会来到这里。请把我的信转交给挪威国王。

我在帐篷里留下了一些物品，如有需要，请随意使用。

衷心祝愿您成功征服南极点，平安回国！

阿蒙森

1911年12月14日

继续留在南极点已经毫无意义了。队员们激动的心情稍稍平复之后，开始做起了回程准备。但是他们太疲惫了，不宜马上启程。过去几天的艰难跋涉已使大家精疲力竭。

阿蒙森给了队员们两三个小时的休息时间。仓促上路可能会导致事故发生，不如推迟出发时间，以便大家恢复体力。

队员们躺在帐篷里，很快进入了甜美的梦乡，鲁滨逊心情轻松地躺在阿蒙森身边。

“队长，睡了吗？”

“没有。”

“祝贺你征服了南极点。”

谢谢，多亏了你的帮助……他本以为阿蒙森会这样充满感激地对他说，但对方的回答却恰恰相反：“要不是你，我们会走得更快。”

啊！居然说出这样的话！今天这么开心的日子，就不能说点好听的吗……鲁滨逊气呼呼地转过身去，背冲着阿蒙森。他紧闭着嘴巴，气得鼻孔里直冒烟。

就不会和和气气地跟人说话吗？我真的已经尽力了！你善于探险，是个大英雄，那又怎么样呢？做人最重要的是心地善良、宽厚待人。早知道我这样被你小看、受你欺负，还不如加入斯科特的探险队呢。对了，斯科特现在到哪儿了呢？他知道自己失败了，一定很伤心吧？

鲁滨逊的嘴不停地咕哝着，最后终于停住了。他的眼皮沉重地耷拉下来，只觉浑身酸软，意识模糊。

他的嘴巴慢慢张开，口水一点一点地流了出来，渐渐形成了一条小型瀑布。

就在这时，滋滋滋滋……挂在他脖子上的表又开始慢慢走动起来。

阿蒙森的南极探险史

阿蒙森的南极探险序幕

1898年1月，比利时号抵达南极海域，向南极大陆挺进，这是阿蒙森对南极进行的第一次探险。3月初，船被困在了海面上漂浮着的巨大浮冰之间。此后的13个月里，船随着浮冰在海上毫无方向地漂移，船员们挨过了寒冷而黑暗的冬天，整整漂游了650千米之后，终于于1899年3月脱离了险境。途中一名队员死亡，还有几名队员因极度绝望而精神失常：有的队员陷入了荒唐的臆想之中，总觉得其他队员会杀死他，终日独自蜷缩在角落里；有的因为巨大的精神压力，暂时性地变成了哑巴、聋子。

结束了比利时号的探险活动回国后，阿蒙森于1903年率领约阿号前往北极。他的目标是从欧洲出发，向西北方向航行，绕过北美大陆抵达大西洋，开拓“西北航线”。两年后的1905年8月，他成功打通了西北航线。从16世纪开始的300年间，开辟西北航线一直是海员们的梦想，现在终于实现了。

向着南极点进发

成功开辟了西北航线之后，阿蒙森又制定了征服北极点的目标。在去往北极的途中，他得知美国探险家皮尔里已于1909年抢先到达了北极点，便改变计划，将探险目标转向南极点。于是，1910年，阿蒙森率领弗拉姆号再次前往南极。与此同时，另一位南极探险家斯科特也在准备向南极点发起挑战。于是，这两位英雄为了率先征服南极点展开了激烈的竞赛。

竞赛之前，阿蒙森和斯科特相互走访了对方的基地，表面上彬彬有礼，内心却燃烧着熊熊的火焰。他们暗暗较劲，都想搞清楚对方什么时候出发，使用什么样的装备。1911年2月22日，斯科特在日记中这样写道："看来，阿蒙森的计划十分具有威胁性。"

通过比利时号的探险，阿蒙森深知雪橇和滑雪板在极地探险中的重要性。他还通过详尽的调查研究，一一掌握了各种装备、粮食、服装的优缺点。可以说，这些宝贵的经验对于他后来在与斯科特的竞争中取胜起到了至关重要的作用。例如，在那段时间里，阿蒙森曾在笔记本上详细记载了因纽特人的生活方式，作为自己探险的可鉴经验。他向因纽特人学习搭建雪屋的方法，借他们的衣服来穿，并观察他们是如何行动，以便在极地的艰难环境中保持体力。正因为如此，他在探险过程中比斯科特少吃了些苦头，并且捷足先登到达了南极点。

从阿蒙森的基地出发前往南极点，要通过罗斯冰架、南极纵贯山脉和南极高原这三大关口。其中，平坦的罗斯冰架最易行走，斯科特选择的路线中，冰架约占一半；而在阿蒙森的路线中，冰架则占了绝大部分。因为整体距离更短，而冰架所占的比例又大，阿蒙森显然在这次竞赛中占据了上风。

当阿蒙森探险队通过魔鬼冰川——阿克塞尔·海伯格冰川时，裂缝、浓雾、狂风无时无刻不在折磨着队员们。薄薄的雪层下面隐藏着深深的裂缝，像锯齿一样密密麻麻布满了冰川，每一步的迈出都面临着生死岔路。在这个堪称“恶魔的舞池”的地方，就像无数恶魔聚集在一起，跳着死亡的舞蹈。

阿蒙森最终将对手斯科特远远地抛在了后面，抢先抵达了南极点。阿蒙森再三确认了南极点的位置后才插下了旗帜。不仅如此，因为担心自己的测量有误，他还命令3名队员分别向3个不同的方向行走20千米后返回，在南极点周围都留下痕迹。这个有趣的小插曲充分体现了阿蒙森细致、缜密的性格特征。

到达南极点后，阿蒙森又杀了6条狗，给余下的狗当食物，并丢弃了几架雪橇。这是为了以最快的速度返回基地。拿狗肉给狗当食物，阿蒙森并不是独例，斯科特、沙克尔顿在探险的时候也经常这样做。那么狗对此有什么样的反应呢？可以肯定的是：没有一条狗进行绝食斗争，以对食用同族表示抗议。

英雄探险家的逝去

阿蒙森成功征服南极点回国后，等待他的是英国人对他的强烈妒忌和责难。伟大的大英帝国居然败在了刚从瑞典独立出来的小国挪威手下，自尊心无疑受到了极大伤害。英国的新闻报道抓住阿蒙森在探险途中改变计划这一把柄，辱骂他是个言而无信、不值得信赖的人。

阿蒙森隐退了一段时间后，于1928年再度出山，开始了又一次探险。这次他驾驶飞艇去往北极，目标是营救在那里陷入困境的意大利探险家诺比尔。当时有多支来自世界各国的救援队前去搜救，阿蒙森求胜心切，没有做好充分准备就匆忙出发了，结果他再也没能回来。但是，这位英雄探险家的伟大探险历程将被永远地载入史册。

Stage4 被铭记的失败者的荣耀

鲁滨逊在南极点醒来，
目睹斯科特的落寞和苍凉，
踏上归途的探险队遭遇重重困难，
一段可歌可泣、虽败犹荣的探险故事注定被载入史册……

晚到一步的斯科特

睡梦中隐约听到耳畔喧闹的声音，鲁滨逊醒了过来。帐篷里已空无一人，看来队员们都已经睡醒去帐篷外面了。

鲁滨逊懒洋洋地伸了个懒腰，打了个呵欠。他听到自己的嘴边咔嚓咔嚓地发出冰块碎裂的声音。

奇怪，嘴边怎么会结冰呢？他纳闷地想着，慢慢爬了起来。

过了一会儿，他把头探出帐篷外张望。

“啊！”他发出一声惊叫。怎么会这样？阿蒙森一行早已无影无踪，一群素不相识的男人正围坐在旗帜周围。1、2、3、4、5，人数还是5个，但他们的脸怎么全都变了呢？这是怎么回事？

吃惊的不止鲁滨逊一个人。那些队员们看到他，也吃了一惊，纷纷站起身来。其中身材最魁梧的男人用锐利的目光上下打量着他：“你是谁？”

这些没礼貌的家伙，来到别人家，不，别人的帐篷里做客，当然应该先做自我介绍才对，怎么反倒开口问起我的身份来了？真是粗鲁……鲁滨逊越想越生气。

“那你又是谁呀？”

“我叫斯科特，伟大的大英帝国的探险队长。”

什么？斯科特？斯科特明明比阿蒙森晚到一个月呀！难道我这一觉整整睡了一个月？难道……

鲁滨逊愣了好半天，这才恍然大悟，自己刚才睡觉之前想到了斯科特。他低头看了看挂表，可不是吗，指针又向右移动了一点点。

从沙克尔顿到阿蒙森，现在又和斯科特为伍了，鲁滨逊简直就是个可怜的流浪汉。今天是1912年1月17日，离阿蒙森一行抵达南极点已经有34天了。

斯科特面色阴郁地看完了阿蒙森留下的信件。其实，早在抵达南极点之前，他就清楚地知道自己已经败在了阿蒙森手下。因为他们途经的雪地上赫然留有雪橇和滑雪板的痕迹。

斯科特的面容显得那样落寞和苍凉。同样的神情，鲁滨逊在沙克尔顿的脸上也曾经见过。

“可是……”斯科特突然抬起了头，表情讶异地问道，“你为什么留了下来？这封信的落款是一个月前，这一个月里，你一个人在这里干吗？”

“这……这个嘛……”

不问这个不行吗？我说了你也不会相信的……

鲁滨逊绞尽脑汁，突然灵机一动，说：“我留下来是为了守护这个帐篷，防止小偷进来。”

“南极哪儿有什么小偷？”

是啊，世界上有哪个小偷会跑到南极来偷东西呢？这里能偷

的只有冰。鲁滨逊哑口无言，但话已经说出口，再也收不回来了："怎么没有？我们来的时候就曾两次遇到小偷呢。"

"他们偷了什么东西？"

"狗。"

"狗？"

"是啊，把我们最强壮的狗都偷走了……两条。"

"谁干的？"

"什么谁干的？当然是偷狗的小偷了。"

"嗯？会有这种事吗？"斯科特困惑地歪着头。

鲁滨逊又笑着补充了一句："所以我们干脆把剩下的狗全给吃了，免得被小偷偷走。"

"什么？"斯科特一行不约而同地皱起了眉头。

斯科特迟到的悔恨

“所以说，你们的计划从一开始就是错的。”

“没错，我可真笨。”斯科特长叹一声，把探险途中发生的事情一五一十地告诉了鲁滨逊。

和只带了雪橇和滑雪板、轻装上阵的阿蒙森不同，斯科特把自己的探险队分成3个小组，出发日期各不相同。

第一组：雪上车小组，10月24日出发，4名队员。

第二组：雪橇马小组，11月1日出发，10匹马，斯科特带领9名队员。

第三组：雪橇犬小组，11月5日出发，23条狗，2名队员。

之所以出动了这么多人和动物，斯科特自然有自己的考虑。一开始行李多，应该由大家一起搬运，随着粮食和燃料的消耗，行李逐渐减少，就陆续把队员和动物打发回基地，最后剩下4名队员向南极点发起进攻……这就是斯科特制定的雄心勃勃的计划。

“我以为马和雪上车比狗更有用，可没想到……”

正如阿蒙森预测的那样，这个想法是完全错误的。马比狗更怕冷，而且体型庞大笨重，经常陷入泥沼，在南极几乎派不上用场。雪上车容易出故障，对于长时间探险来说，并不是有效的工具。

果然，雪橇犬小组仅用几天时间就赶上了雪橇马小组，又过了几天，这两个小组又赶上了雪上车小组。这时斯科特才发现雪上车小组居然是由人在搬运行李。原来雪上车早就坏了，被丢弃在了雪地里。

“情况可真是糟糕啊。16 个人、10 匹马、23 条狗凑在一块儿，一路上闹哄哄不说，没想到马还经常出乱子，可我原先把绝大部分希望都寄托在马身上。”

“你真笨，为什么要把事情弄得这么复杂呢？”

“你怎么火上浇油啊，你留在这里等我，就是为了惹我生气吗？”斯科特的双眼几乎要喷出火来。

啊！鲁滨逊吓得肩膀一缩，连忙用手捂住自己的嘴。说话要小心，把斯科特惹火了，万一他把自己扔下，带着探险队离开，那可怎么办？想到这里，他不由紧张起来。

在罗斯冰架上，斯科特一行每天强行行走 10 小时，但平均每天不过前进 20 千米而已。阿蒙森的探险队每天能够在 5 个小时内推进 30 千米，相比之下，斯科特的速度显然太慢了。直到 12 月 9 日，他们才好不容易通过罗斯冰架，抵达南极纵贯山脉的山脚下，这时距离他们出发已有 39 天了。

那天，斯科特命令 4 名队员带着所有的狗回去，又把一路上令他头疼不已的马匹全部杀掉。这样，剩下的 12 名队员必须拉着雪橇，攀登南极纵贯山脉的冰川。斯科特和阿蒙森之间竞争的胜败结局，至此早已不言而喻。

在登山途中，斯科特又遣返了7名队员，最后只剩下了5个人。当他们翻越冰川，克服重重艰难险阻进入南极高原的时候，已经是1912年1月4日了。

那时，阿蒙森一行早已踏上了从南极点返回基地的路途。

“我真笨，我真笨！”斯科特仰起头，用悲伤的眼神凝望着天空，不停地重复着这句话。

如果出发前能够做好充分的准备，也许还有赢的希望，可现在，他比阿蒙森走了更多、更久、更艰难的路，结果却一败涂地。

不知从哪里飘来一片巨大的乌云，在斯科特的脸上投下浓重的阴影。他似乎已经预感到，不幸即将降临。

你知道吗？

在南极，狗比马合适的原因有三：第一，狗的皮毛比马的更利于抵御寒冷；第二，马爱出汗，狗几乎不出汗，而汗水蒸发会带走皮肤的热量，在极地应当尽量减少出汗；第三，马的体重更重，容易陷入泥沼，狗轻巧敏捷，几乎不会发生这种情况。

死亡的归途

斯科特一行踏上了归途，一路上困难重重。粮食不足、燃料短缺，队员们的士气也日渐低下。祸不单行，从1月下旬开始，天气变化无常，使探险队备受煎熬。

队员们忍饥挨饿，顶着严寒拉着雪橇在冰天雪地里行走着。他们的体力日渐消耗，每天只能前进不到两千米，在帐篷里消磨的时间却越来越长。大家无所事事，彼此间连话都懒得说，日子显得那样漫长而痛苦。他们唯一的消遣就是把冰雪砸碎，让它融化，再用来充饥。就这样，好不容易熬过了1个月。

“埃文斯！醒醒啊！”

“埃文斯！”

2月17日，队员们急切的呼唤在冰川上回响。从几天前开始，埃文斯的身体变得非常虚弱，这一天，他终于晕倒在了雪地上。他个子高大，饥饿带给他的痛苦比别人更大。由于头晕眼花，他曾经两次跌入冰川上的裂缝，幸好被别的队员救了上来。

“队……队长……我不行了……把我丢……丢下，你们快走吧……”他急促地喘着气，艰难地吐出一句话。

斯科特紧紧抱着他的肩膀，咬着牙关，大声吼道：“埃文斯，快起来！这是命令！”

然而他的命令无济于事，他的呼唤无法挽回正在消逝的生命。

埃文斯的脸上浮现出一个虚弱的微笑，他缓缓地摇了摇头：“对不起……我……我不能遵守您的命令了……祝您平安回国……”说完，他的脑袋沉重地耷拉了下来。他是斯科特探险队里的铁人，比谁都勇敢、都坚强，此刻却这样凄惨地死在了南极的雪地上。

“呜……”

“呜呜呜……”队员们都悲痛地大哭起来。他们的眼泪像雨水一样掉落在南极洁白的冰雪上。两行热泪顺着斯科特冰冷的脸颊流了下来。透过朦胧的泪眼，鲁滨逊看到他用颤抖的手合上了埃文斯的眼睛，他那瘦弱的肩膀不停地颤抖着。

又一个月过去了。

呼——呼呼——

整整两天，猛烈的暴风雪一直在帐篷外肆虐。队员们一步也无法前进，整天无精打采地躺在帐篷里。酣睡的鲁滨逊正在梦中啃鸡腿，嘴巴咂得正欢，突然耳边传来斯科特炸雷般的喊声。

“奥茨！奥茨！”

鲁滨逊猛地惊醒，气恼地瞪了一眼斯科特。鸡腿还没吃一半呢，就把我弄醒了。跟你在一起，别说鸡腿了，连鸡蛋都吃不上一个，好容易做梦吃个鸡腿吧，又被你吵醒……

“有谁看见奥茨了吗？”斯科特嘴里呼呼地喘着粗气，向队员们询问道。他的头上和肩上都落满了雪，看来外面的风雪丝毫没有减弱。

“他不在外面吗？”

“不在。”

“奇怪，他刚才说要出去透透气，就走到帐篷外去了。”

“这种天气透什么气？而且他的冻伤那么严重，路都走不动。”

斯科特手中拿着一个小小的饼干袋。这是探险队珍贵的粮食，为了节省，他每天只分给每个队员两块饼干。

“队长，您拿着那个干吗？又没到吃饭时间。”

“哦，这个嘛，”斯科特的脸上露出了难得的笑容，“这是生日礼物。”

“生日礼物？”

“是啊，今天是奥茨的生日。”

哇，奥茨可真幸福，能够得到这么贵重的礼物！鲁滨逊羡慕地望着斯科特手中的饼干袋，突然怨恨起自己的父母来。如果我也是3月份出生的，不就可以得到礼物了吗？

斯科特的脸色骤然一变。

“等等！难道……”

难道什么？难道没有人想代他吃掉这些饼干吗？斯科特队长，你是想说这句话吗？那当然再好不过了，我很乐意效劳！鲁滨逊心里想着。

然而现场的气氛突然变得凝重起来。原本躺在地上的队员们似乎都想到了什么，猛地爬起身来，表情惊恐。他们和斯科特几乎同时意识到了一个严重的问题。

“队长，难道奥茨……”

“快去找！大家分头去找！”斯科特声嘶力竭地吼道。

队员们飞快地跑出帐篷。

他们都怎么了？奥茨没回来，饼干留着晚点儿吃，有什么大不了的？鲁滨逊莫名其妙地拦住一路上对他最友善的威尔逊问道：“大家这是去干什么呀？”

“奥茨他……”

“奥茨怎么了？”

“他……他也许永远不会回来了……”

“什么？为什么？今天不是他的生日吗？”

“他肯定是觉得自己拖了大家的后腿……呜呜，这个傻瓜……”

直到这时，鲁滨逊才明白奥茨的突然失踪意味着什么。他的身体严重冻伤，没有其他队员的搀扶，几乎寸步难行。他一直为自己拖累大家而深感愧疚，为了不成为探险队的累赘，他选择了悄然离去。这就是他献给斯科特队长和其他队友的最后的友情。

不，不行！奥茨，你不能这样离开我们！

鲁滨逊猛地推开威尔逊，飞快地向帐篷外跑去。

队员们整夜在帐篷附近寻找奥茨的身影，但却一无所获。

“奥茨！”

“奥茨！”

沙哑、哽咽的呼唤声与暴风雪一起，消散在茫茫夜色之中。

1912 年 3 月 17 日，这一天是奥茨的 32 岁生日。

斯科特壮烈牺牲

呼呼——呼呼——暴风雪停歇了两天后又开始了。

斯科特命令队员们马上搭起帐篷，并确认方位。这里是南纬79° 39′。他们已经平安通过了地狱一般的南极纵贯山脉的冰川，又通过了罗斯冰架的2/3，但离基地还是非常遥远。

“大家都打起精神来，现在还不到绝望的时候！”

斯科特依次拍着有气无力躺在地上的队员们的肩膀，给大家鼓劲。眼下，粮食和燃料都见底了，他们现在唯一的希望就是粮食仓库。他们从基地出发之前，在这附近建立了一个粮食仓库。仓库的位置是南纬79° 28′ 30″，距离帐篷往北约20千米。“如果天气好的话，我们只要两天就能到达粮仓。大家再坚持一下吧！”

“队长，到了仓库，饼干想吃多少就能吃多少了吧？”

“当然，想吃多少就吃多少，连饼干袋都可以吃下去！”斯科特和鲁滨逊故作轻松地开着玩笑。然而天公却并不作美，在暴风雪停止之前，别说20千米，连2千米也无法前进。即使暴风雪停了，但如果队员们已经耗尽了最后的力气，那也无济于事。

现在他们唯一能做的，就是虔诚地祈祷天气快点好转。

3月21日，暴风雪非但没有停止，反而越刮越猛。3月23日，仅剩下最后两块饼干了，他们每人分吃了半块。3月25日，威尔逊被冻伤的脚开始腐烂。3月27日，鲍尔斯陷入了昏迷状态。

3月28日晚上。“斯科特，你睡了吗？”威尔逊问道。

“没有，威尔逊，我醒着。”

“对不起，如果不是上个月我浪费了时间的话，我们现在一定已经到达粮仓了。”

“你在说什么呀，你只是做了一个学者应该做的事情而已。”

斯科特和威尔逊既是队长和队员关系，又是相识多年、情谊深厚的好友。威尔逊说自己浪费了时间，指的是2月初的时候他曾经在冰川附近采集过植物化石。当第一眼看到那些珍贵的化石时，一个生物学家的好奇心与使命感便油然而生。他冒着严寒、忍着饥饿，忘情地采集化石，足以令人惊叹。但更令人敬佩的是斯科特的态度，他给了威尔逊宝贵的两天时间。

“都是我不好，偏要去采集什么化石……都是我的错……”

“不！采集植物化石不仅是科学家的神圣使命，也是探险家的重要任务。我并不是因为你是我的朋友才给了你两天时间，而是因为，作为探险队长，我要忠实于我的职责。”

“谢谢你，到现在还这样安慰我。”威尔逊说着，泪水慢慢地从眼睛里流了出来，嘴角浮现出一个微弱而安详的微笑。

帐篷外，暴风雪依然在呼啸。

第二天早上，斯科特照例挨个呼唤队员的名字：

“鲍尔斯！”没有人回答。“威尔逊！”依然没有人回答。

“鲁滨逊！”唉，叫什么叫？人家哪儿有力气回答你？鲁滨逊皱着双眉，用蚊子一样细小的声音答道：“怎么了？”

这家伙，看着瘦瘦小小，倒挺顽强，这几个队员数他状态最好。

斯科特淡淡地笑了一下，向鲁滨逊提出了第一个也是最后一个请求：“对不起，你能帮我递一下我的日记本吗？”

可怜的人，他已经虚弱得连拿日记本的力气都没有了！鲁滨逊心如刀绞，他慢慢地爬过去，把日记本和笔递给斯科特。斯科特脸上的神情异常平静，他摊开日记本，写下了几行简短的文字。

我们顽强地坚持到了最后一刻。可是我们越来越虚弱了。现在，死亡已经临近。我的心情很沉痛……我没有力气再写下去了……神啊，请保佑我的家人吧！

斯科特

1912 年 3 月 29 日

斯科特放下手中的笔，朝鲁滨逊轻轻点了点头，意思是：你一定要活着回去。鲁滨逊表情悲痛地向斯科特点了点头。斯科特的眼睛最后看到的，正是鲁滨逊那张粗糙的脸。

过了一会儿，斯科特的眼睛慢慢地闭上了，他那炯炯有神的双眸再也无法睁开了。就这样，不幸的英雄斯科特永远地长眠在了南极的茫茫冰雪之中。这一天是 1912 年 3 月 29 日。

走进暴风雪

鲁滨逊挪到斯科特身边，把他的手轻轻放在躺在一旁的威尔逊的胸口上。这两位生死之交将在生命的最后一刻，互相感受对方的体温，一起去往天国。

“走了，都走了……”鲁滨逊哽咽着，慢慢地从地上站了起来。

他不能在这里傻乎乎地等死。只要还有力气，他就要继续往北走，哪怕是 100 米，不，哪怕只能前进一步。这是他和斯科特最后的约定，也只有这样，他才有可能活下去。他强撑起打晃的双腿，准备离开这里了。

鲁滨逊从队员们的背包里取出毛衣，把能穿的都穿在身上，又把火柴和登山用的刀放进口袋。接着，他挑选了最结实的一架雪橇，把绳子牢牢地捆在自己腰间。雪橇虽然是空的，没有装载粮食和燃料，但马上就会派上用场的。

他穿上滑雪鞋，双手紧握滑雪杖，向躺在地上的三个人最后鞠了一躬，然后掀开帐篷走了出去。现在，他要单枪匹马穿越南极的暴风雪了。

呼——呼呼——

猛烈的暴风雪几乎要把他刮到天上去。鲁滨逊深吸了一口气，勇敢地跨出了一步。大片的雪花像蜂群一般迎面扑来，重重地打在他的脸上。凛冽的风声听上去像电钻发出的刺耳的声音一般，从他耳边呼啸而过。

“刮吧，尽情地刮吧！我鲁滨逊是绝对不会趴下的！我是谁？我是韩国最强悍的妈妈的儿子，世界上最强悍的女孩的男朋友，我还是个勇敢的探险家，逃离了无人岛，穿越了亚马逊丛林和百慕大魔鬼三角区，这点风算什么？”

鲁滨逊紧咬牙关，一步一步朝前走去。

他的背影逐渐消失在白茫茫的风雪之中。

“鲁滨逊，加油啊！我会保佑你的！”风中似乎传来斯科特亲切的话语。

雪地上只留下了一座帐篷，在狂风中飘摇。

斯科特的南极探险史

斯科特与“发现号”

1901年8月，英国海军军官斯科特率领一支探险队，满怀希望地踏上了南极探险之旅。斯科特探险队乘坐的船名为“发现号”。当时英国是世界上最强大的国家，这条船是特地为南极探险而建造的，承载着大英帝国的荣誉和骄傲。但是由于设计人员是三流技师，发现号的时速不过11千米。而且因为施工不当，导致航行过程中船体底部漏水，发现号勉强渡过大西洋后就不得不在新西兰停靠，进行大规模的检修。

检修之后，发现号重新扬帆启程，于1902年1月穿过南极大陆东北部的维多利亚陆地，2月份停靠在罗斯冰架的“鲸湾”。斯科特雄心勃勃，计划在这里建立一个基地以便过冬，等到夏天来临再开赴南极点。怀着人类历史上首次征服南极点的伟大梦想，队员们在这里扎营安顿，一住就是半年多，直到9月份，南极的春天终于来了。

1902年11月，斯科特、沙克尔顿、斯科特的朋友——生物学家威尔逊等人向南极点发起了第一次挑战。他们突破了当时的最高纪录——南纬79°，于当年12月末到达南纬82° 17′左右，但那里成了他们的极限。受酷寒与疾病困扰，他们无法继续前进，最后斯科特决定返回。就这样，人类历史上第一次征服南极点的努力宣告失败。

再次挑战南极点获得成功

1911 年，斯科特又一次向南极点发起挑战，最终于 1912 年 1 月到达南极点，但却比自己的竞争对手阿蒙森晚了 1 个多月。阿蒙森从基地出发 55 天便到达了南极点，斯科特却在路上花费了整整 78 天。他的基地离南极点更远，而且更大的问题在于，即便和阿蒙森走同样的路线，他的速度也远远落后于竞争对手。阿蒙森踏上南极高原 10 天后就抵达了南极点，斯科特从南极高原到南极点却花了 24 天。可以想见，这种完败的感觉使得斯科特的心情有多么凄惨。

斯科特第一次意识到自己的失败，是在距离南极点约 32 千米的地方。在那里，他发现了阿蒙森一行丢弃的雪橇和其他一些物品，雪地上还有着雪橇和滑雪板的印迹。斯科特脸色苍白地伫立在原地，几乎晕倒过去。他在那天的日记中写道："最坏的事情发生了，现在我所有的梦想都破灭了。"

英雄们最后的日子

从南极点返回的阿蒙森平安回国，顿时成了名扬天下的大英雄，而不幸的斯科特却在返回基地的途中因饥寒交迫而死。斯科特原计划在南纬 80° 的地方设立一个粮食仓库。然而驮着粮食的马匹由于无法抵御南极的严寒，纷纷倒毙，探险队无奈只能在南纬 79° 28′ 30″处建立了粮仓，和原计划相差 50 千米。如果他能够按照原计划把粮仓建在南纬 80°，也许探险队就能赶在暴风雪来临之前抵达粮仓，获得补给，从而渡过难关，平安返回了。

预感到死神降临的斯科特在留下最后的日记的前一天，给英国的朋友写了一封信。这封永载史册的悲怆的信是这样写的："我们会像绅士一样死去，我们的结局将证明，我们民族还没有丧失那种勇敢精神和忍耐力量。如果我们能够活着回去，便可以告诉世人探险队有着多么伟大的勇气，而今，这封短信和我们的尸体将代为述说这一切。"

但是斯科特探险队即使在面临灭顶之灾时，也没有放弃作为探险家、科学家的任务。阿蒙森对于科学研究、标本采集毫无兴趣，一门心思想着如何在竞争中取胜。斯科特却不同，探险队中的生物学家威尔逊在毕尔德摩尔冰川采集的植物化石重约 16 千克，直到生命的最后一刻，他们还携带着那些化石。今天，这些宝贵的化石陈列在伦敦自然史博物馆里。

斯科特、威尔逊、鲍尔斯的尸体于 8 个月后被搜救队发现。3 个人安详地躺在帐篷里，就像睡着了一样，斯科特的左臂搭在毕生好友威尔逊的胸口上，头顶上方还放着一天都没有落下过的日记，身旁整齐地放着写给家人、朋友和恩人的信。队员埃文斯和奥茨的尸体始终没有被发现。后来，救援队只找到了奥茨破碎的睡袋。由于奥茨的大腿和脚部严重冻伤，进出睡袋十分不便，他便用刀把睡袋割破了使用。为了将生的希望留给其他队员，奥茨牺牲了自己，而他留下的唯一遗物就是这个睡袋。直到今天，这个睡袋还陈列在位于英国剑桥市的“斯科特极地研究所”里。

搜救队发现斯科特一行的遗体后，收集了他们的遗物，把他们的遗体用睡袋包裹起来，埋葬在雪地里。不移动死者，而是就地埋葬，这是英国海军的惯例。接着，搜救队又在遗骸上堆起了雪堆，做成坟墓形状，并将滑雪板摆成了十字架的形状。据说，这个墓地里还埋葬着一封信，上面记载着斯科特的伟大业绩和探险队的详细行程，并由全体搜救队员签名。

搜救队员们离开斯科特等人的墓地，来到罗斯岛，在俯瞰斯科特基地的山坡上竖起了一个十字架，在上面刻下了英国诗人阿尔弗雷德·丁尼生的诗句：“要奋斗，要探索，要有所发现，但不要屈服。”直到今天，来到南极的人们还会在这个十字架前停留，默默地念诵这句诗，追忆英雄伟大的一生。

Stage5
一个人的
极地探险
前无古人，后无来者，
鲁滨逊开始了独自在南极打拼的生活，
乳白天空和海市蜃楼让他的希望一再破灭，
鲁滨逊的意志几近崩溃……

在阳光下苏醒

什么东西弄得我鼻子直痒痒？

半睡半醒间，鲁滨逊不耐烦地伸手摸摸自己的脸。突然，他开始一连串地打起喷嚏来，原来是一直在他鼻子旁边打转的东西忽然钻进鼻孔去了。

“阿嚏！阿嚏！”

谁这么讨厌，居然捅人家的鼻孔……

鲁滨逊气恼地睁开眼睛，看见一只小海鸥扑棱着翅膀飞走了。刚才这只海鸥把嘴巴伸进了他的鼻孔里。

“真讨厌，我还想挖点鼻屎来充饥呢，这下可好，几个喷嚏一打，鼻屎全没了……”鲁滨逊嘟哝着，突然“啊”地大叫一声，跳起身来。

这是哪儿？我怎么会躺在海边？阳光怎么这么刺眼？刚才我明明还在暴风雪中跋涉……

“对呀，刚才……”鲁滨逊开始回想起刚才的事来。离开帐篷之后，他在雪地里走了一会儿，终于忍受不住饥饿和寒冷，晕倒在地上。他迷迷糊糊地呼唤着妈妈和末淑，逐渐失去了知觉。等他醒来的时候，却发现自己正躺在海边，太阳明晃晃地照着。

"挂表！又是你搞的鬼吧？"鲁滨逊现在已经不再感到吃惊了。不用说，一定是挂表的功劳。一觉醒来发现自己又到了一个陌生的地方，这种事情不是一次两次了。挂表这次倒还不错，把他弄到海边来，如果他在雪地里躺着，早就冻僵了。

"昏过去之前我最后想了什么来着？"

鲁滨逊在昏迷之前想到了两样东西：温暖的火炉和丰盛的食物！他好像还幻想过能燃起一堆暖烘烘的篝火，在上面烤肉吃。重要的是，挂表总是会在一定程度上满足他的愿望。那么现在？

"看来这附近肯定有我想要的东西！哈哈，有救啦！"鲁滨逊发出一阵豪爽的笑声，扶着滑雪杖站了起来。

刚站起身来，他就感到眼冒金星。但一想到很快就能找到食物填饱肚子，他立刻浑身是劲。天气依然寒冷，但太阳高高地挂在空中，让人感觉暖和多了。

"嘎嘎嘎——"刚才把嘴巴伸到他鼻子里的那只海鸥还在他的头顶上空盘旋。

"真奇怪呀……"鲁滨逊歪着脑袋，皱着眉头，越想越纳闷。走了将近 1 个小时，周围全都转了个遍，可是别提什么丰盛的食物了，连一只企鹅都没有看到。如果在天黑之前找不到食物和燃料的话，他一定会全身虚脱，再也走不动的。

"肯定在什么地方，可是到底在哪儿呢？"鲁滨逊东瞧瞧，西望望，目光突然停在了一个地方。100 米开外的海边，有个黑乎乎的东西。刚才他一眼扫过去，以为是块岩石，没有多加注意，现在仔细一看，这东西模样奇特，并不像是岩石，而且它刚才好像还动了一下。

“先过去看看再说。”

鲁滨逊迈着颤巍巍的步子走过去一看，顿时咧开嘴笑了起来。嘻嘻，啊哈！

“万岁！万岁！”他兴奋得张开双臂，高呼起万岁来。终于找到了！原来这不是岩石，而是一只巨大的象海豹。仔细一看，象海豹身上有一道很深的伤口，没法挪动，只得蜷缩在海边。

“太好了！这么大一只……嘻嘻嘻。”

鲁滨逊如此欣喜若狂是有原因的。象海豹体重达 3 ～ 4 吨，可以提供大量的肉，是南极最好的猎物。而且仅一只象海豹就能

提供几百升油，当年沙克尔顿探险队被困在冰上时，队员们四下打猎，最受欢迎的猎物就是象海豹了。

对于鲁滨逊来说，这只象海豹可谓是雪中送炭，同时为他解决了粮食和燃料两大问题。

“多亏我带了火柴。”

过了一会儿，南极的海边出现了一幕让人难以置信的景象。只见鲁滨逊用刀割下象海豹的一条腿，把肉和油脂分离开，接着，又脱下穿在外套里面的一件毛衣，在油脂上擦了擦，然后把沾满了油的毛衣紧紧地缠在滑雪杖上，并点上火，把它当成火把拼命挥舞起来。

如此怪诞的情景，恐怕我们在电影院和漫画书里都难得一见。

那天晚上，海边聚集了几百只海鸥，黑压压一片，像乌云一样。这些不速之客都是闻到了象海豹肉的香味赶来的。

你知道吗？

南极的冰是雪层层累积而成的。经过漫长岁月而形成的南极的冰层上，积着厚厚的雪。那么从什么地方开始是冰呢？在南极点，我们要扒开 100 米深的雪，才能看到冰，这些冰是 1000 多年前下的雪变成的。也就是说，雪过了 1000 多年才能变成冰。但是在罗斯冰架一带，雪过 200 ～ 300 年就会结冰，雪下 40 ～ 60 米就是冰层。

走！跟着太阳往西走

“走还是不走呢？真是个问题。”已经过去5小时了，鲁滨逊还在苦苦思索。是留在原地等待救援，还是离开海边寻找生路？他犹豫不决。两种方法各有利弊，难以抉择。

假如留在海边，短时间内是不必为粮食和燃料发愁的。虽然手艺生疏，他还是可以用冰雪勉强搭建起一所冰屋，像因纽特人一样生活。可如果那样的话，他是不是就得这么孤独地在海边过一辈子呢？

要是离开海边，又会怎么样呢？一路上肯定会遇到许多困难和危险，说不定会像斯科特那样，因粮食和燃料不足而死。但是如果能在途中遇到别人，或是发现某个探险基地，那就有机会回到文明世界去了。

看来还是应该往前走。虽然希望渺茫，但值得一试。

“唉，真叫人发愁，既不知道这是什么地方，也不知道现在是哪一年。”

鲁滨逊低头看了一眼脖子上的挂表。昨天他来到海边后，发现表针明显向右偏移了。现在会是什么年代呢？20世纪50年代？还是60年代？差不多是这前后吧。不过要想知道这里是什么地方，可就毫无线索了。

“走，还是不走？走，还是不走？”鲁滨逊想了又想，突然重重地点了点头。他做出什么重大决定了吗？不，他太困了，一不小心就睡着了。

迷迷糊糊之中，末淑那盘子般又宽又扁的脸出现在他的眼前。她怒气冲冲地对他吼道：“鲁滨逊！你这个饭桶！有什么好苦恼的？当然应该离开海边了！你留在这里，有人会给你派条船，或者买张机票送你走吗？你一定要往前走，才会有希望嘛！你不想再见我了？要是不想的话，就在这儿待下去得了！”

鲁滨逊被她的咆哮吓了一大跳，眼睛一下子睁开了。这下他下定了决心，使劲点了点头：“末淑说得对！我待在这儿干什么呢？留下来是毫无希望的，一定要离开这里！孔子不也说过吗，精诚所至，金石为开。”

10秒钟后，鲁滨逊又开始歪着头想开了：“这句话是孔子说的吗？好像不对。”

又过了30秒。

“对了！想起来了，是中国汉朝的王充说的。”

象海豹的肉和油在海边堆成了一座小山，这是鲁滨逊准备放在雪橇上带走的粮食和燃料。反正也不可能把象海豹整只运走，那就带上里脊和肋排吧，这些肉足够支撑3个月了。幸好天气寒冷，不用担心肉会变质。

鲁滨逊把象海豹的皮剥下来，裁成两半，平铺在地上。接着，他把肉和油分别放在两张皮上，把皮像包袱一样牢牢地系住，然后放在雪橇上。只要不遇到陡峭的冰坡，这重量他还是拉得动的。

“可是，我该往哪个方向走呢？”

东西南北，总得决定一个方向才行。北边是海洋，无路可走，那么就只剩 3 个方向可以选择了。沿着海岸线往右走，是东方；沿着海岸线往左走，是西方；背着海洋走，是南方。

往太阳升起的东方走好呢，还是往太阳下山的西方走好呢？还是向温暖的南方走好呢？鲁滨逊想着想着，突然笑了起来，用手轻轻敲了一下自己的头。他这才想起来，南极大陆的南方，自然是去往南极点的方向。在南极，越往南走并不是越暖和，反而越寒冷。

“排除了南方，那到底该往东还是往西呢？唉，不知道，就按平时的方法来吧！”

鲁滨逊所谓的“平时的方法”，是往手掌里吐一口唾沫，然后双手使劲对击，观察唾沫飞溅的方向。这就是鲁滨逊平时常用的“方向决定法”。

鲁滨逊面对大海站着，咂巴了一会儿嘴巴，然后脱下手套，把手心凑到嘴边。

“啊——呸！”

“OK！往西！”鲁滨逊用愉快的声音叫道。他像奥运会火炬手一样，高举着用滑雪杖和沾了油的毛衣做成的火把，昂首挺胸，迈开大步朝西边走去。

耸立在山顶上的冰柱

“唉，到处都是冰啊，除了冰就没别的了。”

鲁滨逊茫然地望着眼前一望无垠的冰原。出发已经1个星期了，按照阿蒙森的教导，他沿着海岸线前进，每天只走5个小时，其余时间用来休息、恢复体力。和当时唯一的不同之处是，他现在是自己拉着雪橇走，所以速度比较慢。

“别说人了，连一只蚂蚁都看不到。”鲁滨逊咕哝着。

这是自然的，南极根本就没有蚂蚁。

鲁滨逊意识到这一点之后，苦笑着敲了一下脑袋。他已经在洁白的冰上度过了几个月，脑子似乎也变得一片空白了。

如果能看到人的脚印，哪怕是别人扔下的垃圾也好啊！这样我的心情还能好一点。鲁滨逊想着想着，长长地叹了口气，又迈开了脚步。呼啸的寒风像无数尖针一样刺着他的皮肤。

“啊，山！”突然，鲁滨逊两眼放光，满脸惊喜。远处，一座高高的山峰巍然耸立在前方。走了这么久，在四顾茫茫的冰原上看见山峰，还是第一次。

鲁滨逊激动得心怦怦直跳。他想起上次和阿蒙森一起探险时，曾经在山坡上埋下了许多粮食。说不定这座山下也有哪个探险队埋下的粮食或者建立的粮食仓库呢。运气好的话，也许会在山脚下遇到一个探险队。

"等等，可是……"鲁滨逊突然觉得有什么地方不对劲，他把目光定格在了山顶上。南极的山顶应该覆盖着厚厚的陈年积雪才对，可眼前的山顶却是光秃秃的。从山脚到山坡都积着白雪，为什么唯独山顶上没有雪呢？难道那里有个打扫卫生的清洁工？这不可能吧。

再走近一点就能看明白了。鲁滨逊这样想着，拉着雪橇继续往前走去。

"呀！这是什么？"

鲁滨逊眼睛瞪得溜圆，猛地停下了脚步。只见山顶上灰白色的烟雾直冲云霄。是云吗？可是怎么看也不像，怎么会有云从山顶往天上冒呢？

"又不是澡堂，又不是温泉，怎么会冒烟呢？难道……是火山？怎么可能呢？冰天雪地的南极怎么会有火山？"

鲁滨逊摇了摇头，好奇地眺望着山顶的烟。裸露的山顶、升腾的烟气，为什么会发生如此奇妙的现象呢？

就在这时，奇怪的事情发生了。

嘭——

啪啪啪啪——

"啊！"鲁滨逊吓了一大跳，一屁股坐在了地上。

随着一声仿佛煤气爆炸一般的巨大响声，山顶上突然冒出了一根巨大的冰柱，高耸入云。这根冰柱足足有 50 多米高，顶端盘绕着灰色的烟雾，就像大型工厂的烟囱里冒出的烟一样。

鲁滨逊忘了屁股上的疼痛，目瞪口呆地望着眼前的景象。

看来刚才的猜测没错，山顶正是火山的喷火口。由于产生了巨大的热量，冰雪无法在喷火口的周围堆积。原来南极真的有火山，而且还是冒烟的活火山……

轰——

烟气没有消退，反而越冒越盛，持续了很长时间。在阳光的照耀下，冰柱像宝石一样闪闪发光。鲁滨逊知道，这是火山气体里夹杂的水蒸气遇冷结冰而产生的。

南极的沙漠——干谷

艰苦的行走一日一日地继续着。依然喷吐着白色烟雾的火山已经被鲁滨逊远远地抛在了身后。他曾希望能在山脚碰到什么人，但他的期待也像烟雾一样消散了。这座山如此陡峭险峻，不是探险队员能够拉着雪橇爬上去的。

“是啊，哪有人会选择这么艰险的登山路线呢。”

但是他的希望并没有完全破灭。因为在火山的背面还有许多山峦，第一个期待落空了，但他的心里很快燃起了新的希望。

“这不是南极纵贯山脉吗？我一直走下去，说不定会到达上次跟阿蒙森一起探险时路过的山脚。在阿蒙森之后，也有许多探险队沿着同样的路走到过南极点，说不定我会在那儿遇到什么人。”

就这样，他不断地自我安慰、给自己鼓劲打气。不知不觉，离开海边已经有 1 个月了。雪橇轻了很多，他的心却像压了铁块一般，越来越沉重。这样又过了半个月。“奇怪，怎么雪越来越少了？”

鲁滨逊就是这样爱提问、爱思考。他伸长了脖子，四下环顾。周围依然是一片雪白，但他发现冰雪的厚度明显变少了。

“难道地底下也有火山吗？不可能啊。”他越往前走，冰雪就越少，时不时地还会出现裸露的地面。南极的土地和其他地方截然不同，这里几乎寸草不生，只有泥土、砾石和岩石。

“再往前走会是什么呢？山谷吗？”

忽然，鲁滨逊的眼前出现了一条狭窄的小路。抱着或许能发现人迹的希望，他顺着这条弯弯曲曲的小路拐了几个弯之后，看见了一个山谷，但山谷的模样实在太出乎他的意料了。

出现在眼前的，并不是他想象中被冰雪所覆盖的白色山谷，也不是他一路走来见过的那种裸露的地面。这里是一个干涸的沙漠，布满了褐色的沙土和岩石，一丁点儿雪的影子都看不见。

“怎么回事？这……这儿一定不是南极吧？”

不是南极的话，那会是什么地方呢？撒哈拉沙漠？卡拉哈里沙漠？鲁滨逊下意识地低头看了一眼挂表，心想，这破玩意儿该不会又把我带到了什么稀奇古怪的地方吧？但表针仍停在原处，说明他还在南极。雪地也好沙地也好，冰原也好沙漠也好，总之他还在南极大陆上的某个地方。鲁滨逊放下滑雪杖，往山谷的方向走去。广袤而干涸的沙漠在他眼前一望无际地延伸着。

“哇，这里简直像火星一样！”

鲁滨逊想起了以前在科幻电影里见过的火星景象。那里没有一滴水，是一片荒凉贫瘠的土地，气候干旱严寒，终日狂风呼啸，正和眼前的山谷一样。那部电影的拍摄地点该不会就在这里吧？

呼呼——呼呼——寒冷的风卷着沙子呼啸着穿过山谷。这里明明是南极，却又根本不像南极。这个山谷的名字叫作“干谷”。

奇怪的湖水

山谷里有许多奇形怪状的石头，最常见的是三角形的、表面有条纹的扁扁的小石块。它们是经年累月被狂风和沙尘磨成了这种形状吗？那些巨大岩石的表面也十分光滑，似乎也是被风沙打磨而成的。

“这儿完全是另外一个世界呀！火星人可以移民到这里来居住了……咦，那是什么？”鲁滨逊像仙鹤一样把脖子伸得老长，嘴里喃喃自语。

在他前方不远处，有个奇怪的东西。那东西颜色跟别的岩石差不多，形状却很奇特，看上去就像风干的土块。

“怎么会有这么奇怪的岩石呢？”

既然这么好奇，那就过去看看呗！鲁滨逊的好奇心又一次驱使他飞快地向前跑去。

他用滑雪杖试探了一下积在物体表面的厚厚的沙子和泥土。

“啊！”这、这居然是只企鹅！

准确地说，这是一只企鹅的干尸，已经干巴得就像鱿鱼干一样了。

“天哪，沙漠里居然会有企鹅！”

鲁滨逊几乎不敢相信自己的眼睛。这里既不是海边，也不是冰原，怎么会有企鹅出现呢？这只企鹅是离家出走？四处旅行的？还是当间谍的？

“真是大千世界无奇不有……对了，该不会只有一只企鹅吧？说不定是一群企鹅集体离家出走呢！”

鲁滨逊爬到一块大岩石上四处张望，却没有看到其他企鹅的踪影。看来这是一只离群的企鹅……他正胡思乱想着，突然一阵狂风刮过，地上出现了一个个凹进去的小沙坑。他低头一看，不禁吓了一跳。

“啊！”

泥坑里露出了一些黄色的东西，被压得扁扁的，就像被烈日曝晒过的鱼干一样。是海豹！沙坑里居然掩埋着几十具海豹的干尸，只剩下干瘪和僵硬的皮骨。它们会变成这个样子，估计少说也过了几千年。

鲁滨逊看得目瞪口呆。

“啊，有水了！”鲁滨逊欢呼着向前跑去。在沙地的另一侧，有一个巨大的湖。自从他离开海边之后，这还是第一次看到淡水。

“哦！我亲爱的H_2O！你知道我找你找得有多辛苦吗？”

鲁滨逊正想把手浸到湖水里，突然浑身一哆嗦，停住了手。

奇怪，为什么这湖水没有被冻住？南极怎么会有不结冰的水呢？即便没有完全结冰，至少也得夹杂着些冰粒才对啊！

南极地区即便是在夏天，气温通常也低达 -30℃～ -20℃，为什么这个湖却没有结冰呢？鲁滨逊正在苦苦思索其中的奥秘，突然，一阵狂风从湖对岸刮来。

“啊！”

无数沙尘和小石粒迎面飞来，鲁滨逊急忙就地趴倒，等他抬头看时，他的嘴巴又合不拢了。

“这、这是怎么回事？”

只见湖水平滑如镜，纹丝不动。这么大的风刮过，湖面却依然波澜不惊。

是不是湖水结冰了，只不过我没有看出来？鲁滨逊想着，伸出手指碰了碰湖面。指尖没有遇到任何阻碍，而是被湖水温柔地包裹着。明亮的湖水仿佛在对他说：“你看我像结了冰的吗？哈哈！”

接连发生的怪事让鲁滨逊瞠目结舌。他的目光落在刚才浸在湖水中的手指上。湖水会是什么味道呢？这水完全不像平常的水，味道一定也大不相同吧？

他好奇地舔了舔手指头，立刻皱着眉头大叫起来：“啊……呸！”

天哪！这湖水简直就是纯盐水，比海水咸得多。

“再见了，南极的沙漠，谢谢你让我欣赏了这么奇特的风景。”鲁滨逊恋恋不舍地向干谷挥手。他用了将近半个月的时间通过干谷，这时他离开海边已经有两个月了。

“嘿嘿，这东西可真不错。”鲁滨逊眉开眼笑地看着手里的银色石头。石头在他手掌里发出宝石般晶莹璀璨的光芒。这是他几天前在咸水湖附近的岩石缝里找到的。他猜想，这块长方形的矿石可能是湖水中的盐结晶后形成的。

“等回到韩国，把它送给末淑做礼物吧。”

哎呀，送给我这么贵重的礼物！谢谢你，滨逊！你对我真好，以后我再也不打你了……他仿佛看到了末淑欢天喜地的样子。

鲁滨逊微笑着向前走去，把干谷远远抛在身后。

眼前的冰雪逐渐增多，又是一片洁白的世界了。

“完了，这里看来也没什么希望了。”

鲁滨逊哭丧着脸，沉重地叹了口气。离开干谷 4 天后，他又来到了一座高山的山脚下，这座山也很陡，不可能是探险队的探险路线。这就意味着他还是碰不到人。

出发时鼓鼓囊囊的包裹现在已经瘪了，剩下的粮食和燃料只够再坚持 1 个月。现在他应该时不时去打打猎，虽然猎物会不会出现在他眼前还很难说。

“哎哟，累死了，今天不走了，找个地方休息吧。”

鲁滨逊东张西望着，想找个既可以挡风，又能够背靠着躺一躺的石头。他没有帐篷，这是唯一的休息方式了。

“那里不错。”

鲁滨逊终于找到了一块满意的石头，赶紧跑了过去。他把雪橇的绳子从身上解下来，放下滑雪杖，背靠着岩石躺了下来。这些天可能是太累了，虽然每天只走两三个小时，他也觉得浑身酸痛。

睡意很快向他袭来。

“咦，什么东西？”

鲁滨逊翻了个身，突然皱着眉头扭了扭身体。他感觉一个尖尖的物体戳在了自己的屁股上。伸手一摸，一块巴掌大小、棱角尖利的石头滚到了地上。

这可恶的石头竟敢硌我屁股……鲁滨逊一把抓起石头，正想把它扔得远远的，突然，他眼睛睁得老大，翻身坐起来。他发现石头表面布满了奇怪的花纹。

“这是什么？南极不可能会有石器时代的梳齿纹陶器啊。”

难道是人留下的痕迹？鲁滨逊的心怦怦直跳，急忙仔细观察起手中的石头来。

“啊，这不是蕨菜吗？”石头的表面上，蕨菜的模样清晰可见。没错，这块石头正是蕨菜的化石。

“真奇怪，南极怎么会有蕨菜呢？”

鲁滨逊睡意全消，又开始冥思苦想起来。在山谷里发现企鹅和海豹的干尸，还可以理解，因为这里是南极大陆，几千年前，海洋和山谷或许相距不远，这可以解释为什么企鹅和海豹的干尸会出现在山谷里。

但是蕨菜就不一样了。蕨菜是一种主要生长在热带和温带地区的蕨类植物，在南极这么寒冷的地方，别说生长，连发芽都不可能。南极中心地带的山脚下怎么会出现蕨菜的化石呢？

“难道南极以前很温暖吗？”

还真有可能。漫画书里不是说，地球气候在几亿年间发生了好几次巨大的变化吗？在北极就发现了热带动植物的化石。那么南极也有可能曾经是个温暖的地方，虽然这让人觉得不可思议。

“这块化石是什么时候的呢？ 1 亿年前？或是 2 亿年前？”

鲁滨逊呆呆地望着手中的蕨菜化石。或许在远古时代，蕨菜曾郁郁葱葱地长满了南极大陆的各个角落。看来等回到家以后，得好好学学南极的历史才行。把书店翻个遍，总能找到几本有关南极蕨菜的漫画书吧？

想着想着，他的眼睛慢慢地闭上了。20 岁的鲁滨逊和 2 亿岁的蕨菜化石就这样在南极的山脚下一起进入了梦乡。

留在冰上的恐龙化石

“啊呀，这又是什么？也是化石吗？”

鲁滨逊走着走着，突然又发现，被积雪覆盖的大岩石旁边，有一块和昨天那块蕨菜化石差不多的石头。唯一的区别就是眼前这块更大、更长。

“看来这里曾经是一片蕨菜地，这么多蕨菜化石……啊！”

鲁滨逊大吃一惊，连连后退了好几步，手中的石头掉下来砸在了脚趾头上，他也没觉得疼。

他惊恐地瞪着眼前的石头，全身发抖。原来这并不是蕨菜化石，而是一块巨大的动物骨化石。

“还有这么可怕的东西！”

鲁滨逊拍拍胸口，四处张望。周围或许还有一些别的骨化石吧？

可不是吗？大岩石的周围散落着七八块骨化石，有头骨、颌骨、脊骨、腿骨、盆骨等。

“哇，真够大的！这只动物的脑袋直径该有 1 米了吧？”

脑袋都这么大，身体该有多么庞大呢？

鲁滨逊想象着这个动物的模样，连连咂舌。幸亏它活着的时候没叫我遇上，要不然……

这到底是什么动物呢？既然出现在蕨菜化石的附近，说明它是以蕨菜为食的……啊呀，难道是……

一个大胆的想法电光石火般划过他的脑海。蕨菜等蕨类植物繁盛的时期是两三亿年前，而生活在那时的身躯庞大的动物，不就是……

“恐龙！”

这个结论真是又荒唐，又新奇，又惊人。

但鲁滨逊的判断是正确的，他所发现的骨化石的主人不是别人，正是恐龙。

“真不可思议，南极曾经还有过恐龙！”

鲁滨逊被这一连串漫画般的遭遇弄得晕头转向。但另一方面，他也觉得兴趣盎然。

真是做梦也没有想到，我居然会来到南极，还发现了恐龙的

骨化石！

“从企鹅的干尸到恐龙骨化石……接下来还有什么呢？我会不会发现外星人的干尸，UFO 的残骸，5 亿年前从仙女座星云上飞下来的……哎哟！”

正在喃喃自语的鲁滨逊突然呻吟一声，停下了脚步。他这时才感觉到刚才被石头砸到的部位疼痛了起来。

看来，恐龙不管活着还是死了，都是极其危险的动物。

你知道吗？

南极的干谷地区在过去 200 万年的时间里，从来没有下过雨，雪也极少，偶尔降下的雪还没来得及落在地上，就被狂风吹散了。在山谷附近找不到什么水流，只有几个湖泊零星散布。这里的气温在 -80℃～15℃之间徘徊，这片荒凉的山谷可谓是沙漠中的沙漠。

南极干谷的环境和火星极其相似，当然，重力、气压与火星则有很大的区别（火星的重力是地球的 0.38 倍，气压是地球的 5‰），空气中氧气的含量也不同，但干涸、荒凉、狂风、严寒却如出一辙。美国航空航天局（NASA）于 20 世纪 70 年代发射火星探测船“海盗号”之前，在南极干谷进行了着陆演习，就是因为这里的环境与火星表面最为接近的缘故。

恐怖的乳白天空

“唉，还得走多远啊？”

鲁滨逊满脸痛苦不堪的表情，他一屁股坐在了雪地上，用怨恨的眼神望着远处高耸的山峰。他已经朝着这座山的方向走了整整 1 个星期了，起初还以为这座山并不远，两三天就能到，可是很奇怪，走了这么长时间，距离似乎一点儿也没有缩短。

“我的粮食都快没了。”

最初发现这座山时，雪橇上还剩下 10 天的粮食。

眼下他的处境已十分危急，说不定就会重演斯科特的悲剧。鲁滨逊把最后的希望寄托在了这座山上。如果这次还是不能在山脚遇上人的话，他就没有机会活着走出南极了。所以，这座山是决定鲁滨逊命运的最后希望。

然而还没到山脚下，他的希望就已经破灭了。他以为山离自己并不遥远，但实际距离却比目测远了好几倍。这是因为南极的空气清新洁净、没有杂质，所以才导致他无法准确地目测距离。

“无论如何我也要坚持到底，能走多远就走多远。”

鲁滨逊挣扎着站起身来。剩下的粮食大概还能吃 3 天，如果在这之前无法到达山脚，或者到了山脚却一无所获，那就只有彻底绝望了。

1 天……又是 1 天……

两天过去了。山依然近在眼前，却又远在天边。

“啊，找到了！”

鲁滨逊充满惊喜的欢呼像炸雷一样响了起来。

他的眼睛睁得足有棒球那么大，兴奋得满脸通红。这时，太阳已经落下了一半，在山峰左侧的地平线上，五六座低矮的建筑物清晰可见。

“终于找到了！上帝啊，神灵啊，谢谢！”

鲁滨逊像疯子似的又蹦又跳，用尽浑身的力气欢呼着。这里是粮仓吗？还是哪个探险队的基地？有没有人住在里面呢？不过现在没必要去想这些了，只要走到那里，就有生还的希望了。

“还磨蹭什么呢？快点走才是啊！”

鲁滨逊从腰间一把扯下雪橇的绳子，扔到地上。虽然粮食和燃料已经见底，雪橇一点也不重，但他满脑子想的是马上赶过去看个究竟，所以觉得雪橇也是个累赘了。

滋滋滋滋……

鲁滨逊的滑雪板风驰电掣般从冰上滑过。

过了一会儿。

“啊！”鲁滨逊又叫了起来。

但这次不是欢呼，而是绝望的惊叫。

“不、不见了，什么都不见了！”鲁滨逊实在无法相信眼前发生的一切。

就在几秒钟前，他还清清楚楚地看到了那些建筑物，转瞬间它们却消失得无影无踪。太阳已经落下去了，地平线上空空如也，只有绚烂的晚霞染红了半边天。

刚才我亲眼看见的，明明就在那边，怎么一瞬间就没了呢？鲁滨逊失魂落魄地呆望着地平线。

其实，他所看到的只是南极的海市蜃楼。

第二天早上，他终于来到了山脚下。前一晚，他用仅剩下的一点点肉勉强充了饥，今天早上，空空如也的雪橇再也没有用处了，于是被他果断地扔在了身后。

“现在怎么办呢？就这么漫无目的地走下去，直到又累又饿，死在雪地上？末淑啊，我该怎么办呢？妈妈啊，我该怎么办才好呢？”

鲁滨逊茫然地仰头望着天空。今天的云似乎特别多，厚厚地遮住了天空。几滴眼泪顺着他冻伤的脸颊流了下来。

“翻过这座山再说。”鲁滨逊擦干眼泪，做出了最后的决定。如果继续沿着山脚走，显然希望渺茫，所以还不如翻过山头，到另一边去看看。

没有粮食，也没有燃料，只身翻山无疑是件极其冒险的事，但除此之外，他已经别无办法了。

一步……又一步。

鲁滨逊咬着牙，沿着陡峭的冰川往上爬。脚底下也许就隐藏着看不见的裂缝，所以他尽可能压低身体，贴着地面前进。过了一会儿，他站直身体，伸了伸腰，喘了口气。

“咦？”

奇怪，怎么眼前突然变得白茫茫的？是我太累了吗？

鲁滨逊用手揉了揉眼睛，极力望去。可是眼前还是白茫茫的一片，伸手不见五指。

啊，如果我连眼睛都瞎了，那就真的完蛋了……

鲁滨逊打了个寒战，紧紧地闭了闭眼睛，然后重新睁开。

“啊！”

不见了！山、天空、云朵，甚至脚下的冰川，全都消失不见了！霎时间，整个世界似乎都隐没到了一片神秘的光芒之中。一种从未有过的恐惧感向鲁滨逊袭来，他感觉自己仿佛被独自抛弃在了一个巨大的虚无空间里，周围什么都没有。

这是南极的冰、雪、阳光一起发生作用而形成的“乳白天空”现象。

“啊啊——”鲁滨逊带着哭腔的凄厉惨叫在山间回响。

你知道吗？

在空气寒冷的极地，经常发生海市蜃楼现象。当大气的状态发生变化时，几百千米开外的景物会突然呈现在你的眼前。1909 年北极探险家皮利宣称自己发现了北极山脉。4 年后，其他探险队也发现了北极山脉，但距离皮利所说的地点有 320 千米远。太阳一下山，这条山脉就消失不见了。原来，这两次都是蜃景。

坠入裂缝的挂表

“救命啊！呜呜呜，救救我……”

鲁滨逊一边大哭，一边无意识地迈着脚步。一切都消失了，能够战胜恐惧的唯一办法就是不停地向前走。只有这样，他才能感觉到至少地面还没有消失，世界虽然看不见了，但还是存在着的。通过脚和地面的接触，他能够证实这一点。

不知走了多久，周围的一切开始朦朦胧胧地显露出了轮廓。渐渐地，山、天空、云朵都恢复了原先的模样。鲁滨逊这才松了口气，正准备停下脚步四处看看。啪嗒——随着一个不祥的声音，鲁滨逊的身体失去了重心，猛地坠了下去。

“啊——”这里有个巨大的裂缝。鲁滨逊停下脚步的地方，恰好是一个被雪遮住了入口的裂缝。短短的时间内经历了极度恐惧与极度兴奋的交替，他竟然忘了留神脚下的裂缝。

“啊啊啊啊——”鲁滨逊的惨叫声在山间回荡着。

随着身体的不断坠落，鲁滨逊逐渐失去了意识。最后浮现在他脑海里的，是妈妈和末淑的脸。啊……这下真的完了，死定了，头真晕啊……肚子好饿……真想吃泡菜和大酱汤……

最后，鲁滨逊完全陷入了昏迷状态。

他坠入了漆黑的裂缝之中。再过 1 秒钟，就会咕咚一声跌到底部。就在这千钧一发的瞬间，黑暗中传来一个细微的声音。

滋滋滋滋……

1 秒钟后。裂缝底部没有传来任何声音。只有无数碎雪静静地飘落。

Stage6
告别南极
神秘挂表再度显灵，
鲁滨逊又一次死里逃生，
离开了探险的“英雄时代”，
鲁滨逊终于在南极遇见了自己的同胞……

那熟悉的旗帜

鲁滨逊感觉鼻尖痒痒的。唉……怎么回事？难道又像上次一样被海鸥啄了鼻子？鲁滨逊皱着眉摇了摇头，然后用力从鼻子里呼出一口气，想把这不速之客赶走。

等等！我不是已经死了吗？我明明掉进冰川的裂缝里了呀？那么这里是天国吗？天国里也有海鸥？不可能啊。

鲁滨逊小心地睁开眼睛，环顾了一下四周，想看看这里是不是天国。可是越看越不像，眼前是蔚蓝的天空，洁白的冰雪，还有一只企鹅坐在旁边，好奇地望着他。毫无疑问，这里是南极。

“这么说我没死？”这也太神奇了，像刚才那种情况，怎么可能活命呢？是谁把我从裂缝里救出来的呢？而且毫发无损，身上一点没有受伤。这到底是怎么回事？

“难道是这只企鹅……”不可能，企鹅怎么会救我呢？它自己还笨拙得飞不起来呢，怎么可能背着我飞出裂缝？这么说，这次又是挂表的功劳？可是这次我既没睡觉，也没许什么愿啊。

鲁滨逊瞥了一眼脖子上的挂表，发现表针比上次又向右偏移了一点。看来在他坠入裂缝的底部之前，表针又移动了，所以把他带到了这里。不过他并没有许愿，挂表怎么就自作主张了呢……

“是不是相处这么久，多少有了点儿感情，所以它就救了我一命？”不管怎么说，我得谢谢你……

鲁滨逊想着，笑着抚摸了一下挂表，然后站起身来。危险已经解除，但这里依然是寒冷的南极，粮食和燃料耗尽的状况也没有改变。如果不能尽快摆脱这个危机，他还是会面临灭顶之灾。

“噢，原来这里是海边。”鲁滨逊所在的地方是一处可以俯瞰大海的低矮山坡，远处，祖母绿宝石般美丽的海面微波荡漾。

难道我又要逮一只象海豹，一切从头开始？鲁滨逊正在发愁，突然他的眼睛瞪得溜圆，嘴里发出一声惊喜的欢呼：“房子！”

和煦阳光照耀下的海岸上，赫然有一排房子，十几座黄色建筑物形成一个小小的村落。虽然不知道是什么年代、哪个国家盖的，但这里无疑是个有人聚居的大基地。该不会又是海市蜃楼吧？鲁滨逊不停地睁眼、闭眼、睁眼、闭眼，房子始终就在眼前。

为了证实眼前的一切是真实的，他又使劲拧了一把自己的大腿。好痛！他生平第一次感觉到疼痛是这么幸福的事情。哒哒哒哒——鲁滨逊箭一般飞速冲下山坡。这是哪个国家的基地呢？挪威？英国？美国？管它是哪个国家的呢，只要有人就行了！鲁滨逊的脚几乎要把冰雪踩得冒烟，突然，他浑身颤抖着停住了脚步。接着，他的嘴里发出了一声惊呼：“噢！这是……”

他的目光凝固在基地的上空，那里飘扬着一面熟悉的旗帜。

那就是他日思夜想的祖国的旗帜——韩国的太极旗。

南极的韩国科考站：世宗基地

“金博士，这人是谁呀？”

“不认识，我也是第一次见。”

“哎哟，看他长得多奇怪，浑身脏兮兮的！是哪国人呢？”

站在窗前的几名男女队员一边议论，一边走出了房间。一个怪人手里挥舞着一顶破烂的帽子，跌跌撞撞地向基地跑来。褴褛的衣衫、乌黑的脸庞、脏乱的头发，这个乞丐模样的人自然是鲁滨逊。

“这人怎么看怎么奇怪，会不会是来窃取科学情报的间谍？”

“李博士，你会跆拳道吧？待会儿该出手时就出手啊！”

“如果情况危急，我就上去掐他、咬他。”女队员插了一句。

“我们要当心点，这个人的脑袋看上去又大又硬……”

队员们还在议论纷纷，鲁滨逊已经来到了基地。队员们表情严肃地互相交换了一下眼神，一起从屋子里跑出来，突然迅速分散，把鲁滨逊包围在中间。

咦？这是干什么呢？

鲁滨逊纳闷地想着，小心翼翼地开口说："对不起，请问一下。"

嗬！还会说韩国话，看来是个韩国人。

队员们都十分意外。

"请问这里是什么地方？"

一开口居然问出这么荒唐的问题……队员们啼笑皆非，其中一人答道："是研究南极生态、地质和环境的地方。"

研究？不是探险吗？这么说不是在过去了？鲁滨逊兴奋极了。

"这个基地叫什么名字？"

"世宗基地。"

世宗基地！韩国于1988年在乔治王岛建立的南极考察基地！这么说我已经回到现代了？

鲁滨逊的脉搏跳动得更快了，他又提出了一个最重要的问题：

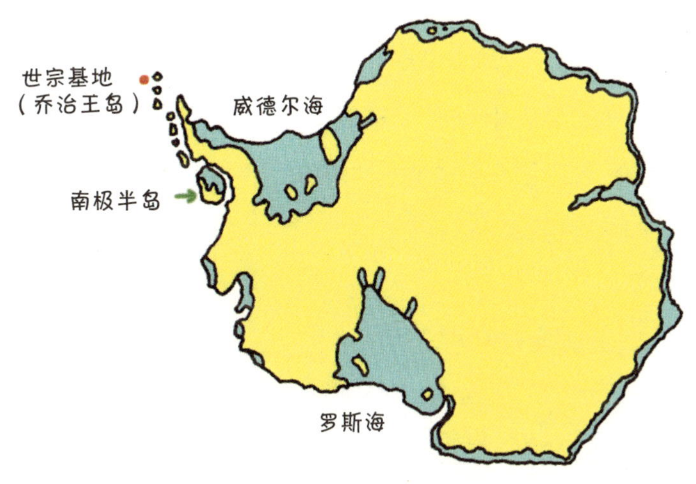

世宗基地的位置

“现在是什么时候？”

哎呀，这个人怎么回事……队员们如坠云里雾里。

“什么时候？就是现在呗。”

“不是这个意思，我问的是今天的日期，哪年哪月哪日。”

这个人怎么看都不像正常人，看来脑子有点问题。

队员们的怜悯之心油然而生。

“公元2003年3月6日。”

啊！

2003年！

既不是沙克尔顿彷徨挣扎的1914年，也不是阿蒙森长驱直进的1911年，更不是斯科特英勇牺牲的1912年，而是鲁滨逊真实生活的年代：公元2003年。

鲁滨逊终于回到了现代。在南极经历的一切将像以往的历险经历一样，成为美好的记忆，永远留在他的心间。

他全身虚脱，无力地坐在了地上，脑子里一片空白，什么也想不起来，只觉得心中充满了难以言表的喜悦与感动。

望着他眼含热泪，不停傻笑的模样，一个队员小心地问道：“我能问你一个问题吗？”

“嗯？”

“你怎么会变成这个样子的？”

“什么？”

“你年纪轻轻的，怎么变成这样了？你还记不记得你的名字，家住什么地方？”

看来他们把我当成傻子了。

鲁滨逊一肚子委屈，正想辩解什么，有个队员抢先说了一句话，堵住了他的嘴巴。

“他看起来这么可怜，还是先让他吃点饭吧。”

一眨眼的工夫，鲁滨逊就把满桌的饭菜一扫而光。好久没有吃过泡菜和大酱汤了。这又辣又香的味道，可比腥臭、油腻的企鹅肉和海豹肉好吃多了。才吃了6碗饭，肚子好像就已经饱了，他恋恋不舍地放下碗筷，怨恨自己的肠胃怎么这么小。

“挂表啊挂表，虽然你有时让人恼火，但你还是很神奇的，能够猜中我的心思，把我送回现代。”

但是更神奇的则是他自己。如果他在坠入冰川裂缝的危急关头没有想到泡菜和大酱汤，那就真的完了。鲁滨逊在生与死的紧要关头还想着吃，这种荒唐事也只有他才做得出来。

眨眼间第7碗饭又见底了。鲁滨逊抬起头来，大声叫道：“再来一碗米饭！”

你知道吗？

南极英雄时代始于1895年，持续了30多年，南磁极点和地理南极点相继被征服，其中涌现出了无数探险英雄，让全人类为之热血沸腾。1922年，沙克尔顿在准备新的探险时突发心脏病死亡，英雄时代自此落幕。虽然探险的英雄退出了历史舞台，但围绕南极的科学竞争却依然火热。21世纪的南极又会让哪些伟大的英雄诞生呢？阅读本书的所有读者都是候选人。

回到韩国

“再见，鲁滨逊。”

“你要快点恢复神智才好啊。”

金博士和李博士忧心忡忡地拍了拍鲁滨逊的肩膀。其他出来送行的队员也面带担忧的表情。

这里是乔治王岛的机场，一架银色的飞机正在跑道上等待乘客登机。

“博士，我脑子很清醒，你们就放心吧。”

“知道，知道，你只要恢复神智就好了。”

“我……”

“知道啦！”

金博士摇着手，打断了鲁滨逊的话。这家伙一直在唠叨什么时间机器啊，斯科特、阿蒙森啊，还敢说自己脑子清醒？

李博士带着歉疚的语气说：“我们这么快就把你送走，并不仅仅出于要送你去治疗的考虑。要说精神疗养的话，有什么地方能比得上南极呢？”

“那是为什么呢？”

“粮食问题啊。继续把你留在这里，我们的粮食就不够了……我们这里又不是减肥中心，总不能老是让队员们饿肚子吧？这么冷的地方，饭都吃不饱，哪来的精神搞研究呢？”

“……”

“总之，回到韩国后一定要给我们写信啊。我的邮箱地址你记下了吧？”

“嗯。”

“对了，你知不知道电脑是什么？”

什么？这真是……鲁滨逊感觉又是好气又是好笑，连连用拳头捶打着自己的胸口。

金博士见状，连忙用手捂住李博士的嘴，在他耳边轻声说：“不是告诉过你吗，千万别把他给惹急了。”

吱吱吱——

通往机舱的门缓缓地打开了。

3天后，鲁滨逊坐上了飞往韩国的飞机。他从乔治王岛到智利，经智利飞到纽约，然后又经过了整整20个小时才登上了去往韩国的飞机。

到达韩国还需要10多个小时，不过一想到不久就可以看到日思夜想的家人和末淑，他就激动不已。

终于要回到韩国了！妈妈，爸爸，末淑，我可真想你们啊！分别这么久，你们有什么变化吗？

末淑会相信我说的话吗？如果我把之前经历的一切都告诉

她，她会怎么想呢？说不定她听不到 5 分钟，拳头就向我飞来了吧？这个丫头连亚马逊丛林、百慕大海域在哪儿都不知道，南极恐怕连听都没听说过吧？

亚马逊丛林的朋友们还好吗？撒乌里乌斯是否和同族们和睦地生活在一起了呢？玛尔丽加的灵魂一定已经安息了吧？哦，对了，我至今还觉得对不起拉帕努伊岛上的格弥基隆老人，没跟他道别就跑到南极来了。在他面前扮演国王的时候，感觉还真不错呀！

那拉丽，不要怨恨我离开你，爱情从来不是一件容易的事，更何况你爱上了像我这么优秀的男人。

亲爱的朋友们，如果不是你们，我的旅途就会更加艰险，你们的无私帮助和真诚友情，我会永远铭记在心！

沙克尔顿，你的勇气可敬可佩；阿蒙森，你不愧为伟大的探险家；斯科特，你是个大英雄，一直在为自己的理想而努力，直到生命的最后一刻。啊，还有那只挂表，我也不会忘记你的，虽然我再也见不到你了。

鲁滨逊摸着脖子。曾经挂着挂表的地方，如今已经空荡荡了。他再也不需要时空旅行了，所以，在世宗基地度过的最后一个夜晚，他把挂表丢进了南极蔚蓝的大海里。也许沉入海底的挂表能够随着海流，回到它的主人撒乌里乌斯那里吧。

鲁滨逊想着想着，不知不觉睡着了。醒来的时候，他再也不用又急又怕地确认这是什么地方、什么年代了。时光再也不会倒转，而是一直向前流逝，他将在今后的人生旅途中，好好珍藏这些探险经历。

从他嘴边溢出的口水像瀑布一样流到了地上，转眼就在脚边形成了一个小小的池塘。

这时，睡梦中的鲁滨逊突然听到扩音器里传来机长悦耳的声音：“各位乘客！这里是韩国的天空。”

哒哒哒哒……

飞机在空中划着大大的圆，开始缓缓地降落了。

图书在版编目(CIP)数据

男孩的科学冒险书.4/〔韩〕朴敬洙著；〔韩〕李宇一绘；陈琳译.－海口：南海出版公司，2010.9
ISBN 978-7-5442-4830-3

Ⅰ.①男… Ⅱ.①朴…②李…③陈… Ⅲ.①科学幻想小说－韩国－现代 Ⅳ.①I312.645

中国版本图书馆CIP数据核字(2010)第118706号

著作权合同登记号 图字：30-2010-054